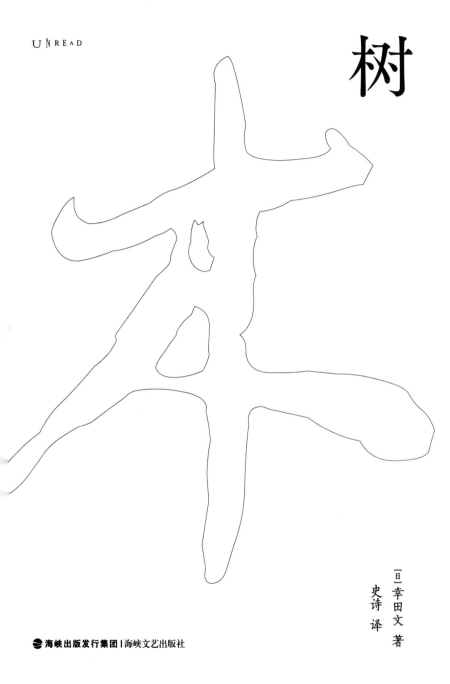

树

〔日〕幸田文 著

史诗 译

海峡出版发行集团 | 海峡文艺出版社

图书在版编目（CIP）数据

树 / (日)幸田文著；史诗译. -- 福州：海峡
文艺出版社, 2025.6
ISBN 978-7-5550-4089-7

Ⅰ . Ⅰ313.65

中国国家版本馆CIP数据核字第20258NK867号

著作权合同登记号：图字13-2025-021号

树

[日]幸田文 著；史诗 译

出　　版：海峡文艺出版社
出 版 人：林滨
责任编辑：张琳琳
地　　址：福州市东水路76号14层　邮编350001
电　　话：(0591) 87536797（发行部）
发　　行：未读（天津）文化传媒有限公司

选题策划：联合天际
特约编辑：庞梦莎
装帧设计：木春
美术编辑：梁全新

印　　刷：大厂回族自治县德诚印务有限公司
经　　销：新华书店
开　　本：787毫米×1092毫米　1/32
印　　张：4.75
字　　数：86千字
版次印次：2025年6月第1版　2025年6月第1次印刷
书　　号：ISBN 978-7-5550-4089-7
定　　价：45.00元

关注未读好书

客服咨询

导读：树影摇曳

苏七七

有段时间，我和朋友们常常去一座山，叫作北山，因为在城市的北面。在山高处的地方，有一个小池塘、一片水杉林。冬季的时候，水杉只余鱼骨般的枝干，在青灰色的水面投下清晰的倒影，理性得像是一份几何习题集，然后到了春天，一种极新的绿出现，毫无尘埃，像是春雨变成了最初的羽叶。冬春之际，山上常常起雾，我们在树林里穿行时，就像穿行在梦境里。

不知道为什么，读幸田文的《树》，读她看到过的树时，有时会想起自己看到过的树。就像一个刚认识的朋友说起她的一个朋友，你想起了自己的一个旧友。它们是同类的：松、杉、柏、柳、紫藤、樱……非常亲近亲切的类目，好看的字，好听的读音。

它们还有好闻的味道。在树林里，我们都自然地开始深呼吸吧。我们像是感受到了树木的匀净的呼吸，开始跟随它们的节奏。

树不动，不语，但有一种能与人息息相通之感。

我们需要树，既向它们索取取暖的木柴、建造房子的木料，又向它们索取情绪上的依靠、灵魂上的寄托。《树》这本书重新进入了我们的视野，是因为维姆·文德斯的电影《完美的日子》里出现了这本书——役所广司饰演的主人公平山，在二手店里花100日元买了它，守着这家小书店的女店主像是个述而不作的评论家，她说："幸田文值得更多的赞赏，她明明只用些平常词句写作，但书却这么有内涵啊。"

在电影里，平山以一份清洁公厕的工作维持生活，住在一个简陋的居所里，但他的精神世界是丰富且自洽的，他有自己音乐与文学上的偏好与品味，在物质生活的极简与精神生活的澄澈中找到了一种"完美"的平衡。对于后现代语境中的原子化个体来说，这样的完美平衡或许显得过于理想主义，但在电影中却又是成立的——在物质与文化之间，还有自然的树木作为依傍，成为庇荫。

平山的居所里有一片小小的绿植丛林，他每天最重要的事情就是给它们喷水。工作时，他在公园里午休、吃便当、拍摄树木的光影，连他的梦，都是木叶斑驳的。幸田文的这本《树》，就像是一个不厌其烦的标注，告诉观众，这就是支撑着平山的东西。他用拍摄的动作和喷水的动作与树木同呼吸共命运，活成了一个消耗很少的、静默自足的人。

但如果我们沿着电影指引的方向读到这本书，会发现幸田文给出了更多的奇观与感悟。她在年纪相当大时写下了这些文章（最早一篇写于1971年，她67岁，最后一篇写于1984年，她80岁），去看"超越想象的七千年树龄"的绳文杉，"一个劲儿地拜托和请求"去看弯木的处理现场，有着一种向着尽头跋涉与眺望的执拗劲头，而同时又"只用些平常词句写作"，没有任何浮夸的地方。有时写着写着，随着"我的思考只到这里，就再也进行不下去了"，就结束了。

《树》并不追求什么完美，只是去看了，感受了，把自己的经验和感悟记录下来，并且展示出某种"有限性"，不那么追求知识与逻辑的完备。但有时，她的感受在平淡的话语之下也会令人悚然，比如她说：

　　一旦美好得过了头，就会让人感到寂寞。卑微的内心暴露在美丽卓越的事物面前，便会不由自主地陷入恍惚。那几乎是一种无条件的、瞬间涌出的感动，既可以说是敏感，也可以说是对美好的事物毫无抵抗力。到这一程度其实还好，困扰的是之后。想到自己难看的模样，内心也渐渐凋零，从而认定自己与美好的事物相距太远，毫无缘分。

寂寞、恍惚、感动、凋零，这里的层次已经多到有些苦涩了。然而她继续写道："感动与喜悦之后很快出现莫名其妙的抗拒与忤逆之心，这种情绪才是卑微的真实写照。"

这种时候，幸田文有一种超越了"治愈系"温柔抚慰的凛冽，像是一缕寒风从松柏林间吹过。

也许，这就是女店主所说的幸田文的"内涵"所在吧。一棵大树，是经历过一年又一年的四季长成的。它有的部分很老，有层层扩散的年轮；有的部分很新，是今年才开的花。

平山在旧书店买了一本日文版的二手书，我们在书店看到中文版的新书。

虚构与现实，存在与语言，如树影摇曳。

而在电影的内外、书的内外，我们与树木的联系，我们所有因为《树》而产生的联系，是真的。

目录

鱼鳞云杉的更新

突然，就说到了鱼鳞云杉的倒木更新。

在北海道的自然林中，鱼鳞云杉会在倒木上生长。当然，林中的鱼鳞云杉每年播撒在地上的种子不计其数，但是北海道的自然条件格外严酷，种子发了芽也难以长大。相对而言，在倒木上着床发芽的种子具备了轻松生长的条件，幸福多了。然而话虽这么说，却也并非能够悠闲自在地伸展。倒木上空间狭窄，弱小的生命很容易败下阵来。只有那么几棵适应了严酷条件的鱼鳞云杉，足够强大，也足够幸运，才能勉强得到生存下来的机会，有的甚至已经跨过了三四百年。它们都生长在同一棵倒木上，井然有序地排成一条直线。因此，无论是多么缺乏相关知识的人，都能一眼看出那是倒木更新——突然就说到了这些。话里有毅然，有感动，美妙又让人浮想联翩。光听听可不行，一定要去看看。

终于，我幸运地获得了参观富良野东大演习林的机会。

一腔执念使我聒噪个不停，对听我唠叨请求的诸位来说真是"天降灾难"，实在抱歉，但我还是没能忍住。我已经上了年纪，一想到会错过这次机缘就烦躁难耐，给别人添麻烦也好，自己难为情也罢，全都抛到了脑后。当确认能见到鱼鳞云杉的时候，我高兴得不得了。

九月二十八日的北海道，红叶已经出现，初染秋色的叶片鲜艳欲滴。铁道沿线的一簇簇野绀菊绽放出深邃的紫色，旅馆玄关旁边种着日本花楸，鲜红的果实垂在子房下，压得枝丫沉甸甸的，秋天正在走向最热烈的时刻。房间的暖炉里生着火，傍晚时候地又冷了一层。早上从东京出发时，听到天气预报说北海道三摄氏度，我还半信半疑，此刻却有了切肤之感。

第一天，大概是在标本室吧，我见到了北海道的大树样本。按照标准统一砍伐的大树带着树皮，硬挺挺地立成一排，重量带来的压迫感扑面而来。虽说城里人早已习惯了混凝土建筑的沉重，但仍会感到一种难以言喻的压迫感。一进入这种状态，我便混沌起来，听也听不到，看也看不见，虽然打算拼命记忆，到头来却支离破碎，留下的只有巨大的柱体群像。

第二天，我们去了立有"树海"石碑的展望台，指着远方的连绵山脊，把演习林的广阔装进心中。随后，吉普车驶下山谷，又登上山巅，实地认识了因海拔不同而变化的树种。我们还看了那些被称为"精英树"的针叶树和阔叶树，它们都是经过严格标准挑选出来的。选为精英树当然要符合各种条件，不过就算是我们这些外行人，看到精英树的时候也能心头一颤，立刻为眼前的英姿所折服。恰逢小雨淅淅沥沥，山谷里薄雾缭绕，前路朦胧，露水点过脚边随处可见的阔叶竹。我的情绪不由得高涨起来，千挑万选出来的精英真是出众得毫无争议。可是此外还有无数无法成为精英的凡庸之体，其中又分成三六九等，同样强大而可靠。身处底层的是那些勉强生存的、虚弱的劣等树吗？不知该说是令人伤感，还是令人怜爱。树是真正的无言者，它默默地压抑着向他者倾诉的强烈欲望，服从般耸立在森林的寂静中。

第三天，我们从另一处山谷进入。在去程的车中，我们学习了有关植物群落、迁移与环境的知识。

然后，就是我们的目的地——鱼鳞云杉的倒木更新区。"就在那里。看，那里也是。"声音让我们慌慌张张，可是谁都抓不到头绪，只看到一片相似的树脚。昨天的雨下到今天还没有完全停，林中葱郁而昏暗，每一棵树都被濡湿了肌肤，树梢仰着头与枝条交织成伞状。之前听说任何人都能一眼认得倒木更新，简直就是弥天大谎。我焦躁地想着，瞪圆了双眼。山白竹一直长到胸口，走起路来很是碍事，似乎接下来也只能看到树脚。就在这时，传来一声"请来这里看"，终于能看到了。我长舒一口气，定睛望去。那是一幅傻瓜也能看明白的景象——粗壮的树干连绵着排成一条竖线。以"虾夷"[1]这一宏大地名冠名的松树着实一丝不苟，肃然成列。虽然没有压迫感，却透着一种拒绝放荡的态度，澄澈而平和，让人很难轻易靠近。高度和直径几乎相同的高大树干共有七根，恰到好处的间隔里生长着更细更矮的同类，自然的排列组合就是如此舒适。

"这树有多少年了啊？"我问。"应该超过两百五十年，甚至超过三百年了吧。这里条件严酷，树干长不了那么粗。"我伫立原地，静下心来，周身四处零零落落地传来声音，像是露水滴落在竹叶上，似雨的余韵、似雾的馈赠，又似松的问候。还有的声音来到了我的肩膀上。

然而遗憾的是，眼前并没有实物能够证明它们是从倒木上生长出来的。人们只是通过它们生长成列的形态进行推理，并无证据。我并非不信，只是更加贪婪地想要确认。如果经

1　鱼鳞云杉也叫"虾夷松"，"虾夷"为北海道的古称。——编者注（如无特殊注明，皆为译者注）

历了长达三百年的时光，原本的倒木自然已经腐蚀殆尽，不可能留下什么形状。因此看着平整的地表，没有一丝痕迹能显示出曾经倒在这里的大树有多厚多粗，这让我多少有些不满足。

结果，我很快就得到了回应："那不算什么，再找找看，一定能找到符合你期望的。"不一会儿，对方便示意我过去。毫无疑问那是棵倒木，上面挤满了纤瘦而年幼的树干，简直就像挤满乘客的列车。倒木的肌肤上已经覆满青苔，但树干的弧度恰好呈现在与我脚面相近的高度。那树干越往前越细，旁边还残留着从树根伸出的嫩枝，证明着曾经的景象。真是可怜啊，这样的想法从心中一点点冒出。昔日树木的姿态讲述着死亡的图景，也表露出既没有哀伤，也没有其他任何情感的生的姿态。如果将此前见到的倒木更新视作通透自若的象征，那么面前的景象或许就是生机勃勃的轮回之形。这确实称得上毋庸置疑的证据，是我的期待所在。只是，我并没有想到自己会面临如此的凄凉画面。我想垂下目光回避，却又舍不得逃离。

我试着碰了碰倒木上方大约只有三十厘米高的小苗，枝干顺手而倒，根部却意外坚挺。细根已经钻入倒木亡骸的内部，在皮肉之间织起细密的网。稍粗的根则在外部蜷曲爬行，仿佛想要尽早抵达地面。一切都在一个劲儿地生长，丝毫不掩饰自己的凶猛之势。我又小心翼翼地将手放在亡骸上，冰冷与湿润感立刻袭来。或许是因为昨日的雨，亡骸被浸得透彻。然而我触碰到的并非倒木本身，毕竟那苔衣已经将倒木裹得严严实实，仿若自然为它打造的寿衣。我勉强压下内心的胆怯，试着用双手指尖拨开青苔。下方也湿漉漉的，脆弱而细碎的茶褐色碎片沾到了手上，是原来的树皮。继续向下拨，感觉稍微有些硬，不过只要竖起指甲，有些部分也能轻易戳入，腐蚀的程度似乎是不一样的。剖开正在失去本性的部分，那腐蚀仅仅进行了微弱的抗争，便被我撕下来大约三厘米长。我是竖着撕的，也就是从根部撕向树梢。树皮几乎在指间完全散落，成了连木片都称不上的渣滓，却又让人无限怜爱。明明已经腐烂到即将失去本性，却仍然保留着树木难以横向裂开的特质。

我又指着比我稍高的树提问：“这是多少年的？”“这有十七八年了吧，不，可能还要更久吧。嗯，应该差不多吧。”习惯了山野的人没有正面回答，而是从腰间取出了什么，干脆利落地一刀下去，砍倒了旁边差不多的一棵树，然后将切口拿到我的眼前，露出微笑：“数一数吧。”在倒木上的生存竞争中，那棵树已经落后，中途折断，看不到什么前景了。

砍掉会给其他良木形成障碍的东西，是森林保护的守则之一。切口处的年轮格外细密，仅凭我的眼睛不可能数得清，但是年轻人还是当场数出了二十多圈。刀同时也劈开了少许倒木，刀刃只是轻轻划过，却水花四散，削下来的那一块大概有一点五厘米厚、十五厘米长，已经变成了茶色，却还保留着木片的形状。我继续提问："这棵已经倒了多少年？"回答平淡而安稳："这个嘛，看它上面新长出来的东西，最大的估计已经有四十年了。种子生根之前，青苔肯定已经成形，所以你也可以试着推算一下。森林里的时间和人们生活中的时钟很不一样吧。"人的寿命再长，大多也就六七十年。可是老树倒下后，就算外表再怎么迅速脆化，触及芯部也不知道还要多少年。踩着亡骸肆意生长的年轻树木经过了五十年，仍然是无法独当一面的孩子。是森林的轮回过于缓慢，还是人类的寿命过于短暂？我的心被焦躁侵蚀，却也舒展得悠然。环顾四周，眼睛已然习惯，倒木更新的那一列，就生长在此地此刻。

"和倒木同样道理，那些或是折断或是被砍倒的枝干上方也孕育着鱼鳞云杉。那可是很典型的哟。"顺着手指的方向，我看到一棵大概是被风吹倒的倾斜树干上，结结实实地挺立着一棵又高又粗的树，若干粗壮的根条垂至地面，一看就知道坚不可摧，下方清晰地残留着腐烂的古木。如今这棵树仿佛把古木当作宝贝一样珍视，怜惜地守在自己的怀中。就算在几百年前，它曾经毫不留情地从古木身上汲取养分，但在经年累月后的今天，正因为它的存在，古木才得以留存。刚刚因目睹生死轮回中那活生生的衔接，我的胸口还在被寂寥的余韵搅扰，可是看到这棵树后，心中便如同喝下清泉一般清爽起来。我试着摸了摸，这棵树也湿得透透的，肌肤比刚才任何一棵都要更冰冷。我的指尖就像快要冻住一样凉飕飕的，渐渐发红起来。古木也被浸了又浸，一碰便会碎成粉末。似乎正是因为没有任何人类的触碰，才能保持形状直到今天。

忽然，我在伸展的粗根之间瞥到了一抹红褐色。光线太暗了，不过站在有些位置还是能够发现，似乎是不知从何处折射过来的光线不经意间照亮了那里。悄悄地伸手一摸，不禁吓了一跳，竟然察觉到了一丝暖意，而且那么真实。树木表面的肌肤如此湿润，手指所及之处却有着意想不到的干燥。整个树林都被濡湿，那里却干干的。在新树的根下，存在看起来像是古木芯部的地方，带着干爽的温和。或许正是因为指尖湿冷，才能敏锐地捕捉到若有若无的温暖与古木无可争议的干燥感，这是温热的手所无法感知的。是古木本有的余温，还是新树遮蔽了寒气？古木并未单纯地死去，新树也没有单纯地活着。看够了生死的衔接与轮回的残酷，便不会再纠结于任何事物。瞬间的一瞥竟能带来如此暖意的感受，啊，不经意间没有错过，是多么幸福啊。就把这份暖意当作自己未来一生的暖意吧。下定决心的那一刻，心中的感伤袭来，湿润了眼眶。树木竟然怀有如此丰沛的情感，下次要是不留心，可是发现不了树木这些秘密的。微风拂过，吹动着阔叶树那红黄相间的树叶，装点起我的归途。

鱼鳞云杉排成一列，像一条直线，也像"一"字般整齐，生长在倒下的祖先之上。"一"是什么，该怎么看待，想必看法各有不同。我也不甚明了，只是记住了一点：日本北海道富良野的森林中存在鱼鳞云杉的倒木更新，那些松树排成"一"字形，英姿飒爽。只凭这一点，我就心满意足。

紫藤

有人问我，究竟是怎样的机缘，才让我与草木亲近起来？主动亲近什么的，我可没有那么笃定。草木是我每日生活中无处不见的存在，只是稍稍滋润着我的心情而已。例如，清晨在半路上邂逅了漂亮的石榴花啊，被风暴摧残导致未能完美变色的银杏树啊，感情在这些细枝末节中涌动，时而留下两三天的余韵，仅此而已。不过，在这些情感背后，隐藏着年幼时的三个要素。

第一，是环境。我曾居住的土地上生长着无数草木。第二，是教育。说教育可能有些夸张，但是父母确实为我提供了那样的条件。第三，是我的嫉妒心。嫉妒就像弹簧，让树木与花朵的身姿映入了我的眼中。

居住的地方生长着草木，是因为我那时住在郊外的农村。田里有农作物，水渠旁有杂木林，还有园艺师打理的临时植被养护地，再加上大部分人家里都种着些绿油油的东西，孩子们自然而然地与草木亲近起来。

在那样的土地环境中，为了让孩子更加熟悉自然，我的父母格外用心，他们给我们兄弟姐妹三人各自分配了属于自己的树。为了保证公平，同种类的树每人一棵，而且事先就已经决定好归属。于是橘子树有三棵，柿子树有三棵，樱花树和山茶树也各有三棵。树的主人可以自由处置花和果实，但是也要听从嘱咐，注意病虫害问题，对帮助施肥的园艺师表示感谢等。做到上述事情需要一个条件，便是家里有多余的空地。不过在我看来，开花的树也好，结果的树也好，都是父母为了让孩子对它们产生兴趣才安排的。

父亲还摘来树叶，让我们玩猜名游戏，大概是想让我们记住不同叶片对应的不同树种吧。姐姐十分擅长这个游戏，就算叶片已经干枯，或是已经被虫子当成巢穴卷成了圆筒状，或者仅仅是羽状复叶中的一片，她都能轻松猜中。就算叶片尚未展开，甚至只是蜷曲的小芽，都难不倒她。我也能猜中不少，可是一旦遇到干枯的叶子，我就答不上来了，而姐姐总能在一旁轻松说出答案，让父亲开心。我当然不大愉快，姐姐的优秀让我难以忍受，内心满是不甘。但是，我怎么都赢不了她。若是那么懊恼，自己好好记住那些知识不就行了？然而也许是性格原因吧，我看起来总是有种松懈感，飘忽不定的样子总让人失望。这就是聪明孩子与笨拙孩子开始分道扬镳的地方。

父亲对聪明的姐姐赞赏不已，想要教她更多。姐姐似乎总能心领神会，我却不行。姐姐常与父亲并肩前行，而我总是被晾在一旁，却又无可奈何，只能独自跟在后面。那是嫉妒的孤独写照。一方天资聪颖，让师者欣喜，自己也乐享进步；另一方却反应迟钝，让师者叹息，自己也只知妒忌，真是毫无办法。环境和父母的教育全都指向了我与草木的缘分，然而对姐姐的嫉妒让这一开端更加强烈，实在于心不安。

但是，姐姐很早就去世了。后来据父亲回忆，他是想让姐姐学习植物学的。从他隔三岔五表露的遗憾中，我能够感受到他曾经抱有的巨大期待和如今的可惜。

笨拙的孩子也是孩子。姐姐去世后，父亲依然给我和弟弟讲述植物的故事。眼前到处都是教材。白萝卜的花是白色的，但是开上几天后，花瓣前端就会变成淡紫色或淡红色。橘树的花不仅好闻，撕开花瓣舔一舔底部，就会发现那里的花蜜竟然那么香甜。杏花与桃花有什么不同？为什么会有犬槐、猫柳和鼠梓这种名字？莲花绽放时是否如传闻所说能发出声音，不想听听看吗——受到这些鼓动，我一大早便起床去听，结果根本没有听到什么"嘭"的声音。不过，声音确实存在，仿佛什么东西轻轻擦过一般微弱。花瓣上纵向凸起的筋条多少有些可怕，摸起来刺拉拉的，大概是开花时嘎吱嘎吱响，才变得粗糙起来的吧。

这样的指示对我来说颇为有趣。淡紫色的白萝卜花透露着田地一角的寂寥，牛虻聚集的橘花呈现出生机勃勃的氛围。莲花啊，月见草啊，开花时连气息都隐藏起来，恍恍惚惚。那是"啪嗒"一下贴向身体的感动与兴奋。虽然还是孩子，但心里非常清楚，那份趣味与捉迷藏或跳绳带给我的乐趣截然不同。

紫藤花也让我印象深刻，满眼的蝶形花朵绚烂夺目。子房长成后绽放开来，更是别有魅力。孩子们自然不会错失那样的风景，但是紫藤花并不好摘。爬进河岸树丛里实在危险，野生紫藤的子房也相对短小；庭院里的紫藤子房又长又美，却又不能随便摘取。孩子们总是将空屋檐下或废弃庭园里的池塘和花架下当作游戏场所，我也想去，却始终被父亲严厉禁止。用父亲的话说，那些地方的紫藤架虽然看起来没什么问题，但有不少腐坏的地方，若是一下子坍塌可就麻烦了。尤其是伸到水面上的架子，就连园艺师都会格外小心，孩子绝对不可单独前往。

有个大门紧闭的园子，荒芜却还有人值守。父亲架不住我"看紫藤……看紫藤"的恳求，带我去了那里。俗称"葫芦池"的池子中间向内凹去，凹陷处架着土桥。池子很大，植被茂盛，与其说是葫芦，不如说更像两个池子连在一起。大池子畔有一大一小两个紫藤架，小池子畔有一个，花开得更胜一筹，紫色的花朵盛大而浓烈，子房也长。架子前端已然塌陷，花朵仿佛就要垂到水面，低沉地开着。彼时正值盛放期，却也正在盛放中走向凋零。花朵时不时落下，"啪嗒啪嗒"的，荡起圆圆的水波，摇摇晃晃地扩散开去，或是交叠在一起慢慢消失。明亮的阳光反射在轻曳的波纹上，源源不断地映向架子上的花，没有比那更美的画面了。无数牛虻陶醉地飞来飞去，翅膀扇动的声音交织在一起，已无高低之分。停留片刻，花香一股脑儿地涌上前来。四下无人，只有阳光、花朵、牛虻与水，耳边也只有牛虻的振翅声与花朵落水的声音。不知该形容茫然还是恍惚，我与父亲并排站在那里，谁也没讲话。事后回想起来，那时大概就是所谓"饱和"状态吧。并没有发生什么特别的事情，只是注视着紫藤花，怎么就会如此入神呢？实在不可思议。

不过，当我在很久之后读到父亲一篇关于紫藤花的随笔时，还是吃了一惊。在父亲的笔下，紫藤花正因为没有开在秋天才幸福，牛虻的声音传递着天地的生机。当紫藤花出现在眼前，心灵便会飘浮于天地之中，思绪也会游荡在充实与虚无之间，这正是那时最真切的感受。然而，父亲的文章是在我出生前好几年，也就是在我们一起去那座废园赏藤的十三四年前写的。这么一推算，应该是在1898年以前，父亲就已经在某个地方看到了紫藤，感受到了在天地间飘浮的心情，体味到了思绪似有似无的奇妙。

但是，我怀疑父亲当时说过什么。却什么都不记得了，记忆里只留下了眼睛、耳朵和鼻子的感受。父亲或许曾将以前文章里写过的内容讲给幼时的我听，吸引我沉醉于紫藤的世界，这样的场景应该是未曾发生过的。父亲和我始终都没有开口。是心灵的默契让我们相通，还是亲子的情感格外相似？或者说一切都是因为紫藤会营造出那种莫名的可疑氛围？每次想到这里，淡淡的愁绪便会笼上心头。

* * *

1924年，我家搬到了镇上。此前居住的环境中多少都有植被，但是这次搬家让我与一切能够吐芽生叶的东西断了缘。不过，彼时城镇里的街巷比如今要柔和得多。即使是出租的房子，只要是独门独户，哪怕只是做个样子，也一定会在玄关一侧和小院的角落里看到八角金盘或桃叶珊瑚之类的植物。排列在小巷两侧的长屋[1]檐下也总是点缀着绿意。精致的人家会在仅有约三十厘米的飘窗下方种上牵牛花，让它们爬上来。到了夏季有庙会的日子，不少人都会买来欧洲鳞毛蕨或乌蕨，垂在房檐下方，尽可能地享受绿叶。

我们搬去的地方姑且算有正式的家门，但毕竟是租来的房子，很是简陋。玄关一侧种着一棵能够开出单瓣白色花朵的山茶树，起居室前有一棵光叶石楠，角落里还有一棵栲树和一株乱糟糟的连翘，仅此而已。

若是什么都没有倒还好，三棵树种类各不相同，就那样半死不活地长在那里，让坐在起居室里的人的视线失去了安放之地。家人们都十分怀念此前家里的庭园，对草木充满了渴求。然而父亲却说，他并没有要买树种的想法。院子里的土是被人为垫高的，上面堆积着木屑和碎石，种上树大概率也会日渐枯萎，目睹这样的景象真是令人感到无比残酷。我们都深表赞同，没人再提种树一事，就那样过了若干年。

那些年间，有人带来芭蕉，也有人送来杨桐和吊钟花，齐聚院中，绿色总归是在一点点增添。我结婚后一度离开了家，后来又离婚，带着女儿回到家中。成了外祖父的父亲对

---

1 长屋：日本集体住宅的一种，将长方形建筑沿水平方向分割成若干等大空间，每个空间由一户人家使用。

没有父亲疼爱的外孙女投注了发自内心的怜惜。

那时，镇上经常举办庙会，人们非常喜欢去庙会上品评各种植物和盆栽。父亲让我带女儿去看，因为对在城镇里长大的孩子来说，庙会上的植物虽微不足道，但拜访那里也是一种让他们对草木产生兴趣的方法。洒过水的枝叶在便携式油灯的映衬下美丽异常，我拉着女儿的手和园艺师闲聊。"聊了这么多，怎么不买啊？"每次听到对方这么说，女儿都会紧紧握住我的手，把我拉向一旁。

春天是举办花市的季节。大量商品被搬入寺院内，颇有市场的模样。父亲把钱包交给我，让我给女儿买她喜欢的花木。那是个让人冒汗的晴朗午后，女儿选中了一盆紫藤，是市场上鲜花类中最出类拔萃的一株。加上花盆，整盆紫藤和我差不多高，看起来是一株老木，花苞的子房沉甸甸的，似乎再有一两天就会绽放。从第一眼起，孩子就天真地看中了这株其他花木难以望其项背的高级品。正因为是孩子，才会不知胆怯地请求我，可是高昂的价格不用问也知道，是钱包里的那点儿零钱无论如何也承担不起的。我自然没有要买的心思，和孩子一起笑着调侃了几句那紫藤有多不合适，随后便建议她买一盆红色的草花。孩子说那种花以前买过，于是便退而求其次拿起一棵小小的山椒树。从最高贵的紫藤一下子跌落到山椒，女儿并不是因为得不到想要的东西而故意选择最便宜的来闹别扭。她特别喜欢把酱油煮过的山椒叶和银鱼干撒在米饭上，再搭配厚蛋烧做成便当。就算不是紫藤，山椒也能博得孩子纯真的喜爱。我也没有犹豫，觉得这样很好。

然而到了傍晚，走出书房的父亲眼看着不悦起来。"选择紫藤没有问题。"他说，"在花市上选了最好的花，证明看花的眼光相当精准。为什么不去回应这样的眼光？你就应该给她买。"我仍旧无法认同，跟父亲辩解："紫藤可是贵得离谱啊。"结果父亲一脸严肃地生气道："是我说要给她买喜欢的花木，所以特意把钱包给了你。孩子选了紫藤，你为什么不给她买？要是钱不够，把整个钱包给卖家当保证金就行。现在倒好，父亲的命令、孩子难得做出的选择，全都浪费了，你却无动于衷。这到底是有多不上心？而且就算紫藤贵得离谱，衡量价值的标准又是什么？管它贵不贵，你就没想过把那紫藤当作孩子心灵的养分吗？从紫藤开始，教她爱护所有的花，便能一生滋养她的心灵，还能成为她这辈子的乐趣。如果机缘更深，孩子的好奇心说不定会从紫藤延伸到爬山虎，再到枫树、松树和杉树，等于有了自己的财富，没有比那更宝贵的了。每个养育孩子的父母，都一个劲儿地想养好孩子的身体和心灵。在金钱上絮絮叨叨，却不关心如何滋养孩子的心灵，真让人无话可说……"我就这样被指责了一番。

代替紫藤买来的山椒让遭受呵斥的我越发悲伤起来。纤弱的树干只有约五十厘米高，但是鲜绿的叶片一揉就会香气扑鼻。放在嘴里嚼上几下，刺激的味道扩散开来，辣辣不容分说刺向口中。这棵树究竟在为谁赎罪呢？呵斥虽铭记在心，不过那并没有让我一改日后在庙会上给孩子讲述花卉乐趣的热情。我的松懈是自始至终的。

孩子越来越大，看到花只会说"真漂亮"，看到树也只会说"好高大"，对植物的认知仅止于此。对她来说，照顾花草似乎是件麻烦事，就连剪掉院内树上的一条枯枝都让她为难。在其他事情上，她还算温柔，却也绝对不会想到要去扶起被野狗踩到的小菊花。毫不怜爱草木的女人该有多么不解风情啊。虽说是我的孩子，却也有心生嫌恶的时候。无论我如何讲述或劝说，她都不为所动。我曾经多次为那盆紫藤的事情后悔，机会似乎就是在那时丧失的。尽管如今已经于事无补，可是责任确实在我。无论内心多么难受，都为时已晚了。

四季更迭。发芽，开花，结果，枯落。每逢此景，心脏就一阵生疼。后来，女儿就那样嫁人了。外孙出生时，我暗暗祈祷：愿这个孩子能够成为怜爱草木之人。我想把对女儿的懈怠补偿到外孙身上。

然而，我的期待却以一种出乎意料的方式落空了——在好的意义上。女儿的丈夫异常喜爱花草，他热衷于培植树木，翻土和播种都让他欣喜。当孩子出生、婚姻生活稳定下来后，不知是他的兴趣还是本性使然，这份喜爱越发显露无遗，这让我颇感意外。而更让我意外的是，女儿跟随着丈夫，也开始注视起花朵、疼惜起新芽来。我松了口气，对外孙的事也不再担忧了。

从那时起，我渐渐有了去拜访紫藤花的想法。我想追忆，想表达彼时的歉意，也想重新欣赏紫藤。

这个春天，我在东京步行拜访了离家不远的一处古藤。那不是生长在山野自然中的紫藤，而是由人栽培养育的。花开得很漂亮，即使缀在同一枝条上，子房也长短不一。早些开放的花已经褪成了淡紫色，开得正盛的花依旧浓紫欲滴，各有千秋。无论什么花，开起来自然是各有千秋的，但是说到庭园里的紫藤与花架上的紫藤，人们总是误以为它们千篇一律地垂成一张大幕。远看确实如此，可是凑近了便会发现它们相似却不相同。子房长的可以超过一米，优雅从容；短的聚在一起嬉笑摇摆，同样别有一番美感。有人管那场面叫

"藤波"，风一刮过，确实如波浪一般。不知为何，这种花让我想到了"情绪"一词。我意识到，年幼的目光在花市捕捉到的或许正是一种情绪。父亲彼时那么生气，指责我不上心，或许也正因为那是紫藤花。不、不，等一下，把一切都归结到自己身上计算得失才是最没道理的。

不过比起花来，那根部才更惊人。千年古藤的根基盘踞厚达数米，可怖的形状直逼视线。蜷曲，缠绕，隆起，低伏，展现出强大的力量，也散发出不屈的自我，复杂而丑陋。花的柔美已无边界，脚下的情形却如此骇人。看过这样的根部再仰望花朵，便会对那份美丽不知所措起来。但是，我并没有立刻离开。可怕的东西有一种压制的力量。我一直站在那里，直到同行的人出声催促。

时至今日，我仍然没能厘清思绪。不过与花相对，我想我已经完成了追忆与道歉。至于根部，那是这次的全新邂逅，让我印象深刻。不管怎么说，今后我大概还会去与它见面吧。而且我还想去看看那些生长在山谷自然中的古藤与新藤，看看它们的花与根。脑子里之所以会产生这样的想法，大概是紫藤的强韧缚住了我，听说它们连吊起桥来都不会坍塌。

扁柏

八月的扁柏意气风发。从远处望去，它们毫不遮掩地洋溢着满身的活力。走近一看，无论是哪棵扁柏，都生长得肆意而张扬。

这些扁柏如此积极地散发着旺盛的生命力，让人不禁想象：如果树能说话，大概就会在这样的时刻开口吧。它们仿佛正在传达自己的意志，要长得更茂盛、更健壮。这是我第一次知道树还会像这样气宇轩昂。树木蕴藏的生命力、生机或精气，应该就指如此。我的脑海中甚至反射般地出现了被神灵附身的童子，并非源于害怕或恐惧，只是常见的树木今天呈现出不同的模样，某种奇妙的胆怯涌了上来。我并不打算向十分熟悉山野的同行伙伴坦白内心的想法，结果就在这时，同行者中另外一位对树木毫不关心的年轻女士坦率地开口道："这里还真是让人有种说不出的舒畅啊。"话说得没错。我们恰好走到了树间距稍微拉开的地方，沐浴着正午刚过的灼热日光，凉风从身旁黑黢黢的森林中吹来。我们正尽情享受着夏日的豁达，但是没过多久，我便陷入了困惑中。我见到了树木从未见过的一面，一时间实在难以消化。

去年晚秋，我也来这里看过扁柏。从那时起，我就惦记着夏天一定要再来一次。产生这种想法完全源于我那难以去除的恋家思维。从年轻时起，我就痛切地认为，料理也好，衣服也好，住宅也好，至少要有不少于一年的体验，才能拿到桌面上谈论。这样的想法至今仍会不时从脑海中冒出。我之所以会觉得，像扁柏这类无论何时都姿态相同的树不能仅限于秋天欣赏，还要加上夏天，与其说是因为想要悉心观察植物，不如说是源于家庭经验带来的所谓用心。不经历一整年，就无法确信。我认为这样的用心很好，毕竟扁柏在秋天和夏天完全不同。夏日里的扁柏总是没有一刻安宁，生长得掷地有声。我曾经开玩笑地把听诊器放在自己的胸口上听，体内"咚咚咣咣"的惊人声音着实出乎意料。这就是活着的人类身体的声音吗？可靠又可怕，让人心生肃穆。不过看过了夏日的扁柏，我发现那活生生的噪声确实就隐藏在它们的躯干之中。而且不只是躯干内的声音，就连想要长得更茂盛、更健壮的意志都表现得淋漓尽致。如果只看过秋日的扁柏，怎么可能联想到这副模样呢？

秋天相见时，扁柏还很寻常，丝毫没有让我感觉到什么声音或响动。那时的扁柏寂静无声，沉稳之上还有一层温柔，因此也多了一分亲切感。大树又大又高，自带威严，却仍然散发出极易亲近的柔和气息。若将眼前这夏日张扬的扁柏与秋日里的扁柏放在一起对比，便会觉得秋日的那份寻常大概属于应季的松弛吧。当热烈的夏日结束，需要积蓄的东西足够充分，在迎接冬日到来前的短暂时光里，扁柏选择了安稳与放松的姿态。只不过，这种寂静无声的状态会让别人觉得它们变得难以亲近，处处透着冷淡。我之所以会觉得没有隔阂，是因为把这种姿态当作休息。见过夏日的旺盛，就会明白秋日的寻常是一种休息；了解过秋日的状态，才能感知到夏日晃晃的活力。阔叶树的绿芽会在裸露的枝条上萌发，随后开花、结果，树叶变色，然后恢复裸露的骨架。一年中，人们总有机会因为阔叶树形形色色的醒目表现而关注它们，却不知不觉忘了针叶树也有四季，只看一次便自认为了然于心。树木没有骗人，只是常绿树朴素的外表让人们总是慌里慌张地作出错误的解读。在这一层面上，家庭经验并没有那么糟。如果观察的时间少于一年，就不能拿到桌面上谈论，这个原则意外地适用于扁柏。

我经常会请别人列举出日本最具代表性的三种树，比如新干线邻座的人啊，超市里的工作人员啊，还有学生。他们大都会露出莫名其妙的表情，说上一句"树啊"，然后停顿片刻，答出杉树、扁柏与樱花，当然顺序各不相同。松树并不常被包含在其中。老人的话，似乎都会先答出松树来。过去的人们从小就学习松、竹、梅，在学校里也会学到日本是松之国。哪怕是枝条又细又弯的松树，或是老态龙钟的松树，也必然能在附近的某处发现几棵。还有的松树被称为"上吊松"，总是能勾起孩子的好奇心。不论是陶瓷器、漆器，还是团扇和手巾上的图案，松树都曾是其中的常客。如今，这一切都已改变，没人再去怜惜营养失调的松树，就连寻死之人也变得更加理智，不再选择树枝上吊了。陶瓷器的图案变成了迪士尼的动物形象，团扇被四方的空调代替。手巾演变成了毛巾，而且是红、黄、蓝之类的鲜艳原色，松树无法抗衡，渐渐消失于日常之中。年轻人不再列举松树也并非没有道理。

然而，年轻人提到扁柏，似乎因为扁柏是优良木材而广为人知。因"材"而为人所知，这一点果然确实映射了住宅困难与自建房屋时代的现实困境。但是，说到修建房子，如今用的都是新型建材，使用扁柏似乎成了不切实际的幻想，

我之前的推测并不准确。那么，是何时的何种机缘将年轻人
与扁柏联系在了一起呢？扁柏确实是优质木材，而且是长期
以来的常识，年轻人知晓并不奇怪。但是他们只把扁柏看作
木材，而对活着的扁柏、站立着的扁柏与枝叶伸展的扁柏毫
无兴趣，这实在让我叹息不已。既然作为木材的价值已经能
让扁柏成为国家的象征，那么为什么不对它在成为木材前的
生命形态，不对那活生生的姿态报以关心呢？为什么不将注
意力停留在那鲜活的美丽与鲜活的气息上呢？难道我们那敏
锐的感受力已经消失殆尽？真让人伤心。在山野之中吟唱生
命之诗的身姿，与在生命尽头化为健美之材的身姿，两者同
样惹人怜爱。我悲切地希望年轻人都能这么想。

　　我询问了常年与优质木材打交道，如今也在经手各国木
材的专业人士，对方当即表示，优良的扁柏无论出口到哪个
国家都不会出现凹陷问题。"质量和外观都出类拔萃。"说到
这里，对方又一口气列举了一长串优点：强度高，耐潮湿，
不会朽坏，线条笔直，木纹优美，香气动人，色泽柔和。"真
是极尽优点啊。"我说。对方立刻笑着应和："扁柏的表面
又白又有光泽。阳光照在泛着白光的物体上，一般都会刺
激眼睛。但是扁柏不会，不知该说是很有品位的白，还是
很有特点的色泽，总之有种锦上添花的感觉。"我不禁想到

了《圣经》里的那句"凡有的,还要加给他,叫他有余",这真是一种生来就满溢着美好的树。哪怕只看一块刨好的扁柏木板,哪怕质量一般,外行人也能一眼察觉到它的纯粹、清凛,以及不显山露水的淡泊色彩与清澄的香气。原来如此,扁柏大概就没有让人厌烦的地方吧。我也听说有的工匠连刨下来的扁柏碎屑都舍不得扔。日本是个资源稀少的国家,却拥有这种良木,真让人满心骄傲。

但是一旦美好得过了头,就会让人感到寂寞。卑微的内心暴露在美丽卓越的事物面前,便会不由自主地陷入恍惚。那几乎是一种无条件的、瞬间涌出的感动,既可以说是敏感,也可以说是对美好的事物毫无抵抗力。到这一程度其实还好,困扰的是之后。想到自己难看的模样,内心也渐渐凋零,从而认定自己与美好的事物相距太远,毫无缘分。其实,陷入恍惚正是结缘的证明,我们却不会那么想,反而想找到自己与美好无缘的原因,最终导致自己越缩越小,拒绝与美好事物建立联结。我也背负着大量类似的卑微,因此看到扁柏身上汇集着这么多优点,便会在感叹之余,心慢慢萎靡,最终低声下气地问自己:扁柏有那么好吗? 都说人无完人,扁柏难道就没有缺点吗? 同时心底的些许抗拒也在蠢蠢欲动。我一直认为所谓卑微之心指的就是这样的情形,但是当良缘已至时，无法持续保持欣喜，还会在感动与喜悦之后很快出现莫名其妙的抗拒与忤逆之心，这种情绪才是卑微的真实写照。卑微，形容贫乏、贫穷、贪婪与低劣，但是在卑微之心中，通常有嫉妒同在。想要反抗扁柏，大概是因为嫉妒在不知不觉间起了作用吧。不过，对方倒是坦率地接受了这一切："扁柏也是一样的，就算自始至终，每棵都生长在相同的地方、处在相同的环境里，良木也不算多，而有毛病的劣木也不算少。"说着，他指向眼前的两棵老树作为例证。

根据他的推断，这两棵老树大概已生长了三百年，像兄弟一样相依相靠。一棵笔直，一棵略弯，仿佛自然的画作，让人难以移开视线。两棵树的根部盘踞得十分坚实，破土而出的树干强韧挺拔，傲视四方，展现出持续几百年不容置疑的强悍。圆筒形的树干自然地稳健向上伸展，下方没有多余的枝条。扁柏特有的树皮吸收了谷地的潮气，湿湿糯糯的。不知怎的，我无法确定那句"自始至终"是不是在讲眼前的树。在我看来，这两棵树不论是从树龄、长势，还是姿态来看，都无可挑剔。

"笔直的那棵无可挑剔，倾斜的那棵就不行了。"尽管对方这么说，我依然无法理解。

"这么高、这么粗的树，为了支撑自身的重量，究竟是长得笔直更轻松，还是倾斜一些更轻松，一想就能明白。那些倾斜的树，如果不付出更多的努力就无法站稳。当然，它们肯定是在某个部位上承受着额外的压力，这种压力无疑改变了树原有的自然形态，导致某些地方发生了变形。请仔细看倾斜的树，树皮上都有扭曲的痕迹。这种看上去轻微的扭曲，甚至让人觉得非常帅气，却很遗憾地伤害到了这棵老树，就算用作木材，也算不上优质。扁柏也是有好有坏的。"

同时而生，并肩而立，平安地度过了几百年时光。一方得到眷顾，茁壮成材；另一方却历经磨难，不得不面对自己处于劣势的现实。是种子掉落的地方原本就不宜生长吗，还是土地后来发生了微妙的变化，或是因为雨雪风霜？仅仅相隔一张榻榻米的距离，就让两棵树的命运产生了天壤之别。在难以言喻的哀伤中，我的目光不由得被那粗壮的根部所吸引。

"这棵倾斜的树应该是哥哥吧，还是看起来更像弟弟？无论是兄弟还是朋友，感觉这两棵树曾经有一段竞争的历史。后来，出于某些原因，一方让出了空间，直到现在——倾斜的树还在保护着笔直的树，这难道不让人感到哀伤吗？两棵树在一起时，这种情况时常会发生。"

那棵扁柏一生背负着倾斜的姿态，任风轻缓地摇过高高树梢上繁茂的褐色细叶。即使是轻缓的摇动，也一定需要某处躯干付出忍耐，才能维持平衡。树是不会发声的，倾斜生长的树依旧一言不发。如此潇洒，却也如此痛心。

* * *

就像人各有履历一样，树也如此。它们各自在身体上刻下记号，向世间展示自己的过往。它们多大了？是一直以来都无忧无虑，还是经受了千辛万苦？如果幸福，那么一定会有幸福的缘由；如果辛苦，那么是在多大的时候，遇到过多少次怎样的阻碍呢？这些都镌刻在树的身上，周围的事物则是补充说明——同行的森林向导是这样告诉我的。

并肩相依的两棵树，一棵笔直，一棵倾斜。它们曾经互相帮助，也曾经互相竞争，这一推测正是从它们的身体履历中解读出来的。首先，在树木尚且年幼弱小时，两棵树并肩在一起，或许才能抵挡风雪的侵袭。孤单一棵也许会折断，但若是两棵，就能形成足够抗衡风雪的力量。两棵确实比一棵更强大，但是在之后的成长过程中，当每棵树都足够强大时，就不得不面临竞争。无论在什么样的世界，势均力敌的事物并肩而立，自然就会产生竞争。尽管曾在幼时互帮互助，精力旺盛的两棵年轻树木却仍然在激烈的成长竞争中成为对手。在这一阶段，两棵树大概还都笔直挺立，然而没过多久，差异便显露出来。就算差异再小，长得更快的那一方也是胜者。能够自在享受阳光与空间的胜者乘胜追击，伸展枝叶，压迫对手。败者因光照不足，想要伸展却被压住势头，只能走向萎缩。不过，周围若有年龄相同或是更老的树长势迅猛，那么这棵被赶超一头的树也只能屈居第二，但它大概还是会保持挺拔的姿态。因为四周没有可倾斜的空间，所以只能一言不发地长得笔直。

但是就在此时，周围的环境发生了变化。不知道具体是怎样的变化，可能是近旁的老树寿终倒下，也可能是有人采伐，或是大雨或冰雪融水松动了泥土。总而言之，某种原因让临近的若干棵树失去了生命，意外地空出了空间。"请看这里，与周围环境相比，你不觉得只有这棵树所在的地方存在奇怪的空隙吗？将树的生长历程与周围的情况放到一起看，就能得出这样的结论。"

那棵光照受阻的树不可能放过这个机会。为了超越笔直生长的限制并争取更多阳光和空间，树木自然而然地选择了倾斜生长的策略。它的躯干由此留下了永久的"印记"。听闻树的履历要如此阅读后，我立刻觉得树的生存之苦与人的生存之苦如此相似，内心涌起了一股深切的共鸣。仔细观察便会发现，周围到处都是记载着苦难的树。长着瘤子的、扭曲的、歪斜的。有的树干已经折断，侧枝从中部代替树干长了起来。有的树根只有一个，却在三米高的地方分成了两杈。还有的两棵挨挨挤挤，简直就像一棵。变形的树木并不少见，而且那些扭曲和歪斜不仅限于外形的变化，内部也已经乱七八糟，出现了顽固的变质。加工成木材时，这类树木会进行顽强的抵抗，最终加工到一半便弯曲或开裂。这样的树称为"弯木"，是没有任何用途的大麻烦。作为不怎么样的坏东西，弯木连最低等级都算不上。"为什么呢？那些扭曲歪斜不正是树木展现出来的力量吗？正因为它们的存在，树木才能在风雨中屹立不倒啊。"

"是这么说，树还活着的时候确实如此。但是成为木材后，弯木是怎么救也救不过来的，这是木材最大的缺点。"

"这么指责也太过分了。好不容易熬过艰辛，最后却成了麻烦，成了没用的东西，怎么能这么冷漠呢？请设身处地想想，这种遭遇肯定会让人悲愤交加，甚至眼泪直流。"

"还真没这么回事儿。这片地区的林业和木材制造业发达，大家都很关注树木，可是从没听说有人会因为说弯木是劣等品而遭到指责，毕竟大家早就对弯木嗤之以鼻了，没人觉得它们可怜。"

我的感伤并没有被接纳，继续说下去也只会让对方更加无法理解。简而言之，我认为弯木不是那么糟糕的东西，因此我也必须亲眼确认才能平静下来。"弯木是如何无用又麻烦的，能让我看看吗？"我请求道。对方脸上的表情从无法理解转变为哑然失色，短暂的困惑之后，最终绽放出了笑容。

"那个嘛，也不是不行，试着安排一下应该也没问题，但我还是第一次听到这样的要求。"

我们继续沿着林间道路前行，心中载满了对弯木的悲伤，目之所及也全部都是弯木。没有一棵弯木是气定神闲的。活了一两百年的树究竟有多么沉重啊，就连一根柴火的重量都不容小觑。要是扛上一捆，怕是要重得直哼哼了，更何况是还活着的立木。虽然难以做出整体推测，但是在心怀哀伤的我的眼中，每一棵弯木都暴露着自身的丑陋，忍受着极大的重量。当我看得越发难过时，对方说道："就在前面不远处，有一棵众口称赞的大树。"

我也不知道大树和精英树有什么区别，但我想，大树应该属于不折不扣的精英吧。听说精英树不是仅凭其自身出色，而是周围必须汇聚着若干棵良木做"伴木"。精英的条件自然包括了树龄、长势及其他各种标准，而拥有"伴木"或"亲卫队"这样的跟随者同样也是成为精英的条件之一。那棵大树果然名副其实，出类拔萃，四周也是精英云集，无一不茁壮挺拔。因注视变形的弯木而感到不适的视线中，映入了这片无比舒展的情景，我不禁脱口而出："挺拔的东西就是好啊。"弯木揪紧了我的心，而精英树却以它的平和舒缓了我的心情。

据说还有比精英树更加让人心情舒畅的树林，就在谷地对面。我总觉得大树的残影还留在视线之中，也不知道那片树林是否真的有这么好，只是恍惚地看着。谷地隔开的距离很远，风景看起来也极其普通。只不过所有树干都笔直向上，没有一棵倾斜。远眺时，人们往往能轻易注意到垂直与倾斜的差异，可是在我的视线里却没有。想着想着，我突然意识到，那片树林确实姿态端庄，但这份端庄不能算作它的优点。端庄的事物固然优雅，却往往缺乏生机，而眼前的景象似乎正在说："这里可是欣欣向荣。"

"说得没错，这片树林充满了活力。老年的、中年的、青少年的，还有幼年的，所有年龄层的树都聚集在这片树林里，生机勃勃。能够寄托未来希望的树林对我们来说是最舒畅的。"

所有年龄层的树汇聚一堂，共现生机，欣欣向荣中充满了未来的可能性。原来如此，道路渐渐收窄，通至河畔，眼前赫然出现一座用带皮细圆木横向排列而成的栈桥。在圆木之间的凹陷处，露出了刚刚发芽的扁柏种子，它们还不到一厘米大，却青翠欲滴。这就是那些将会生长两百年的大树的最初形态啊，柔弱得让人难以置信。不过，一路走来亲眼所见的繁荣森林，一定也是从这令人怜惜的柔弱生命开始，逐渐成长起来的。这些幼年扁柏虽然看起来如同废弃物一般不起眼，既不是精英，也不是弯木，但它们所散发出的凄楚之美却是如此强烈，让人不禁暗暗祈祷：快长大吧。

* * *

在我一个劲儿地拜托和请求下，终于得到了特别为我加工弯木的承诺。确实是强人所难了。

此时，我强硬推行自我主张的情况越来越多。我开始意识到自己所剩的时间不多，因此总是不放过眼前的任何机会，不再有"等下次再说"的悠闲心态。其实我经常会对这种强迫感到厌恶，但如果现在不看，恐怕就再也不能了解弯木为何会被唾弃了。就算来年有机会，自己或许也会在这一年间继续老去、失去精力，从而无法切开弯木确认其所背负的"业障"。我不得不强迫对方答应。

但是，弯木并非会恰到好处地立刻出现。在寻找合适木材期间，对方让我先返回东京等待。"如果不能加工一棵特点鲜明的弯木让你完全理解，那答应这种特别要求也就没有意义了。"我给对方无端强加了那么多麻烦，对方却没有生气。熟悉山林的人很理解我这种因为可怜弯木而想查明其"业障"的心理。

"一直以为所有树都能成为木材，因此从未注意过还有弯木之类的东西。但是仔细一想，树也好，人也好，生存形态或许都是一样的。为弯木而悲哀，确实能够感同身受啊，生活总是没那么顺利的。"

这番话让我对回东京等待一事不再怀疑。我十分放心，觉得这个人一定不会背弃约定。

结果也正如所料，没等太久，通知就来了。木材加工厂从里到外都充斥着特有的尖锐噪声，音阶极高，音色紧绷，是那种听了让人发抖的断续音。我不由自主地张望四周，鸡冠花开得浓烈，大波斯菊淡淡摇曳，樱花树的红叶已经开始飘散，上方昏暗的针叶树林立满了陡峭的斜坡。午后火红的阳光金黄耀眼，映出一幅平静美丽的秋景。但是那阳光没有温度，只是一片虚假的鲜红。寒意悄然蹿上背脊，鼻涕不知不觉垂下鼻尖，用麻布手帕擦起来会痛。加工的噪声，安然的风景，强烈的寒冷，让我这个城里人印象深刻。

木材已经被剥去树皮，搬入屋中，为被放上加工平台做好了准备。面对生长了足足两百年的树，对方请我数一数年轮。可是我的眼镜已然起了雾，身上又冷，实在无法定下心来做这件事。不过，我还是看到了位置偏离的树芯，那正是弯木的标志。我察觉到这棵树是从根部开始忍受最初的困苦的，但是目之所及并没有明显的凸起或凹陷，树芯的偏离究竟会对树干变弯带来多大的影响，从表面上看毫无头绪，也没有发现歪斜或扭曲等显而易见的缺憾。弯木呈现出顺滑的肌肤，静静地倒在那里。我不禁怀疑起来：这副躯干中真的存在"无可救药的糟糕质地"吗？

也就是说，弯木是在别人难以察觉的、不断累积的微妙的辛苦之中存活下来的。树木这种生物，不仅能够悄无声息地完善自己的外表，还能终生承载着曾经受过的伤痛。树木不是从中心发育起来的生命体，而是通过不断向外增加新的年轮来实现生长，眼前的情景让我清楚地认识到这一点。正因为不断地向外新生，所以伤痛与伤痛带来的疯狂情绪都会在岁月流逝中不断地向内翻卷。翻卷之中包含着温柔的力量，抚慰并保护着树木的内在，同时还兼具防御外部灾害的作用。人也好，鸟兽也好，一切生命的伤痛都需要翻卷，树木当然也是如此。翻卷、保护、修补变形的地方，再尽量生成和没有受伤的树相似的圆形树干。在外行人眼中，弯木乍看上去表面光洁，与优良的木材没有明显区别。不是它们欺骗人类，而是自然之理所致。

那么，就开始加工吧。不知何时，加工木材的声音戛然而止。工厂临时中断了这天的工作，准备为我展示弯木的加工过程。简单来说，木材加工就是把木材放到中间，用两个平台配合进行。一个是固定平台，附带依靠动力旋转的锯。另一个是可以前后移动的平台，操作员就站在上面。木材按照事先定好的尺寸摆放在相应的位置上，由动力装置推至刀刃前方，按照设定切断，之后由操作员逐一接收。

三名操作员站在移动平台处，手持长柄铁钩。听说他们平时就会使用这类工具，万一加工中的木材出现严重的弯曲，发生危险时，徒手是无法立刻处理的。而且弯木可能会开裂甚至崩散，必须提前做好准备。弯木竟然如此凶猛，我的心中不禁蒙上了一层阴影。

不一会儿，平台开关打开，木材开始向前移动。当刀刃接触到圆形截面的三七分处时，高亢的声音"吱——"地响起，第一次切断在不经意间就已结束。既没有弯曲，也没有歪斜，如先前的预告一般，完全没有暴露出弯木的特征来。我正想着，木材和移动平台已经回到了最初的位置。工长上前检查刚刚切下来的断面，木纹似乎正如事先所料，因此立刻按照计划切下一块厚板，同样平安无事。不过这一面已经到了极限，无法再继续切割。刚才切下来的板材也无法原样出售，必须削掉可能很快就会弯曲的不良部分，切短后才能进入市场。

换一个面，切割继续。"如此粗壮的木材，为什么不用作柱子，而只切成板呢？"我问。"做成柱子是不可想象的。之所以加工成板材，正是因为想让它们发挥哪怕一点儿作用。嗯，我们想让你看的就是弯木……你看，已经不行了吧。"被笔直切到一半的木板猛地扭了个身，就这样在裁切中途弯了过去，那模样仿佛在说已经无法忍耐。正因为在中途突然弯曲，木板的一端自然而然被弹开，传送带也向外偏出了几十厘米。一切都发生在转瞬之间。

"看，明白了吧。弯木就是这么回事，所以才糟糕。"

就不能想办法处理一下这块板子吗？才刚弯，就不能矫正一下？焦急涌上心头，我一把抓住了弯曲的部分，发现它很硬，硬得几乎要逼退我的手掌。遭人嫌弃的弯木就是如此吗？弯木的糟糕之处暴露于此，眼前展现的是被排除在商品之外的弯曲与坚硬。但是，我无论如何也不想放弃。人们只会蔑视与排斥弯木，但是有种无法就此屈服的情绪让我焦躁不安。

　　"请再加工一次。"木材已经切下了不少，变得纤瘦，剩下的大概正是最棘手的部分。打开开关，木材向刀刃移去。尖锐的切割音伴着木材的抵抗，刀刃遭到咔咔作响的拒绝，不再前进，然而木材也擅自后退，似乎无法继续。刀刃还在继续旋转，每个人都盯着这一幕。这就是杀气吗？人们对刀刃的恐惧，以及徒手应急的勇敢。无论对于刀刃还是木材来说，这都是一场战斗。在"咔咔"作响的抵抗中，木材开始反击，刀刃则成了被抵触的一方，细微的差别发挥了作用。操作员摁停开关，将楔子打入刀刃切入的地方，声音回响在我的胸口。切口扩大开来，开关再次启动，然而木材依旧抗拒着刀刃。于是第二次，第三次，刀刃通过，顺滑地切了下去。当人们松懈下来，以为不会再有问题时，木材再次发出咔咔的高亢声反击过去，瞬间沿着一条斜线裂为两半，较小的那一块裂口向上滚落在地。四周立刻安静下来，一种严峻的氛围包围着众人。我再也无法忍受，跪到裂开的木材旁边。简直就像自杀性爆炸啊，裂成三角形的弯木散发出强烈的扁柏芳香，露出的木纹呈现出包含油脂的淡红色，层层重叠在一起。我试图抱起它时，立刻感受到了它那沉甸甸的重量。该怎么处理它呢？我的思考只到这里，就再也进行不下去了。

杉树

去年，我见到了绳文杉，那真是最幸福的一年。我一直很想看看这种杉树，几次制订计划准备，却不知为何总是遇到阻碍，始终未能成行。这次，我受到许多人的关照，很顺利就实现了心愿。去拜访一棵树，这种事看起来轻轻松松就能实现，但在现实中未必如此。树不会离家出行，只要我主动前去就好，看似十分简单，但我也有状况不好的时候。说什么缘分或时运之类老掉牙的东西会被人笑话，但我就是这种老派的人，始终认为相遇是需要条件的。过去发生的事情往往会为将来的缘分埋下伏笔。四月中旬特别适合前往南方的岛屿，各种准备也已万无一失，没有比这更好的旅行了。

屋久岛距离鹿儿岛一百三十公里，距离佐多岬六十五公里，是从种子岛向南能够到达的第一座岛屿，外形几乎呈正圆形，周长一百零五公里。整座岛被沿岸稀少的平地环绕，中央有两座将近两千米的山峰，周围则是数座千米以上的连绵起伏的山，因此整体呈现出圆锥形。不是激烈也不是锐利，屋久岛给我的第一印象是紧绷。不过毕竟是南方的岛屿，自然也飘荡着软绵绵的舒展氛围。我并不了解其他岛屿，很难做出判断，但是总觉得眼前的风景格外特别。屋久岛沿岸地区的年平均气温在二十摄氏度左右，夏季高温炎热，山区却截然相反，气温低得不可思议，四月还有积雪。雨水是屋久岛的名产，林芙美子女士留下了"一个月下三十五天雨"的描述，而事实也确实如此，屋久岛是日本降水最为丰沛的地区。不过就算下那么多雨，河流也毫不浑浊，据说是因为岛上的山由花岗岩构成。听说河水不会变浑，我开始想象暴风雨突然降临时的情形。屋久岛台风猛烈，大量透明的水沿着山谷内落差极大的河道流下，冲刷过花岗岩的河底，一路怒吼狂奔，那究竟会是怎样一幅光景呢？浊流固然可怕，但是暴风雨中清澈的狂流难道不会更加让人战栗吗？

自古以来，屋久岛就有"鹿两万""猴两万""人两万"的说法，尽管动物的种类很少。与此形成鲜明对比的是，从沿海的亚热带植物到山顶的亚寒带植物，狭窄的区域内生长着种类丰富的植物。以上就是屋久岛的概括。

生长在屋久岛的杉树并非都叫屋久杉，只有树龄超过千年的杉树才会被赋予这个名字，未超千年的则称为小杉。以千年为基准区分屋久杉和小杉，可谓严苛至极。听闻这一点，我强烈地感受到了屋久杉的珍贵，却也困惑于小杉的"小"字。千年以下说起来轻巧，可是先别管千年如何，一般的树只要活过两三百年就会被称为大树。这明明是常识，到了这里却被称为"小"。说到小杉，我的脑海里浮现的是从小苗到十年、十五年树龄之间的树，两三百年再怎么想也不属于小杉。而屋久岛竟然以千年这一对生物来说远超想象的年龄为基准，虽说在两三千年的树面前，两三百年的树或许可以算小，但是若把牛或猎豹跟大象相比较，叫它们小动物，怎么听都很奇怪。也就是说，我对"小"的概念消化不良，心里感到一阵不适，对当地营林署[1]的工作人员也胡言乱语起来，对方却轻描淡写地应对道："等你看到实物就能明白了。"

最初带我前往的，是海拔千米的自然休养林，名为"屋久杉乐园"。为了让所有人都能安静地观赏屋久杉，林内铺设了狭窄的步道，窄得只够一人通行。真是不错的考量啊，我想。从名字上看，以为林中只有杉树，但实际上却是混交林，视野中的变化让人欣喜。

1　营林署是 1999 年前日本各地管理经营国有林地的机构，下文出现的营林局是其上一级的监管部门。

然而，在抵达这里的午后，屋久岛降下了著名的"一个月三十五天"的雨。当然，所有人都做好了防雨准备，撑着伞继续前行。道路狭窄，大家排成一队，雨一时间没有停下的迹象，越来越大。雨量增加了伞的重量，这大概就是屋久岛的雨。四周白烟缭绕，针叶树的青色与阔叶树的青色鲜明地勾勒出各自树形的不同，却又时隐时现。只有这样的雨才会带来如此无法言喻的美。不过即使看入了迷，也要格外留神，脚下的一切都已化为水流，极易滑倒，伞下也变成了雨的世界。雨水在伞布的接缝处弹开，溅湿了眼睛。想要眺望的时候，我总能得到同行之人的耐心关照，可是环顾四周时，身后的人也必须在雨中等候。我深感抱歉，却仍然一次又一次地由着性子行动。雨中的混交林如此美丽，让人产生一种迷醉的愉悦感，促使我不得不任性作为。如果比这更大的雨是此处的常态，好啊，那么就请给我看看吧。雨势越大，树木就越有更加不同的观赏价值——我的内心蠢蠢欲动。

　　话虽如此，在这样的雨中沿着山路上上下下，呼吸和脚步都格外沉重。熊本营林局的工作人员对我关照有加，时而拉着我，时而让我抓着腰带下行。我也毫不犹豫把一部分体重交出，让对方拽着我向上走。尽管如此，我仍然感到呼吸沉重，腿脚疲软，仅仅努力保持不打滑、不跌倒，就已经用尽了全部力气。工作人员解释说，将参观这片树林安排进第一天的行程，即使下雨也照常进行，是因为想将这天当作第二天正式观赏绳文杉的预习。我理解对方的用意，可是就连这行前练习，我也已经无法跟上，之后更是难以想象。

就在这时，我从近处看到了第一棵屋久杉。那棵杉树就矗立在谷地里的河畔，最初映入眼帘的是它湿漉漉的树干。那是从根部稍微向上的部分，真是粗壮啊，我想。我们找到了相对平整的地面，在那里站定，试图抬头仰望。但是雨水汹涌，在没戴眼镜的情况下，视线根本无法穿透昏暗。即使戴上用来眺望远处的眼镜，镜片也因为雨水和体温而模糊不清。我拼命集中视线，可是枝条分权的地方仍模模糊糊，实在无法把握距离感。然而风一吹过，依旧能够分辨出雨的浓淡。我放弃继续观察高度的心思，转而看向根部。即便是细根，也有手腕般粗，浮在地表纵横交错，让人联想到圆锥形的渔网。渔网下方一般都会提前绑好坠子，而这起起伏伏凸起的树根尖端也注入了如同渔网坠子般的力量，稳稳地紧抓着土地。细根是树木结构的末端，却展现出非凡的拼劲与强大的力量。看到这仿若渔网的根部被人踩在脚下，表皮剥离，默默地濡湿在雨中，我不禁想，树的一生是无法改变住处的。在出生的地方生活至死，奉行这一观念最为强烈的一定就是树根。

划分根与木界线的通常是土。树破土而出，在土以上为木。根与木原本是一体的，为它们画出界线的竟然是零零散散的小土粒的集合，真是有趣。但是，木与根真正的界线究竟在哪里呢？年幼的树从露出土地的部分开始算作木，这一点没有争议。但是树一旦长大就有些麻烦了，会有部分根也越过土地的界线露出来。我不知道根是不是想要破土而出，也不知道根的范围包含地面上多长的部分。原本就是同一棵生命体，不需要这么哩哩啰啰地细分，可是每当我看向老树，都会产生暧昧之感。如今看着屋久杉，暧昧感也是一样的。以土为界长出来的部分究竟是木还是根，似乎都说得通。不过说到树干，则有些不同了。据"根盘"（根張り）一词，应该是根。还有种叫"理部"（立上り）的说法最合适，只是这样一来就有了四种叫法：根、理部、木或者干。还是说统一都叫木？怎样都好。不过屋久杉那暧昧的部分展现出了令人无法忽视的力量感，那是支撑了上千年的、由忍耐聚集而成的强大。年幼的树毫无阻碍地破土生长，呈现出漂亮的圆形，那是从未经历过隐忍与困苦的幸福与率真。屋久杉的理部没有那么顺畅，也不是什么圆形。如果硬要描述那循环往复的过程，那就是偾张的血管与紧绷的筋脉不断竞争，不断缠绕，有的部位猛地隆起，有的部位则深深钻入下方。由于长期支撑着自身的重量，理部变得坑坑洼洼，俨然成了力量的集合。没有比那更强大的力量了，然而映入眼帘的，同样是那令人心痛的坚忍的聚积。我在都市生活中渐渐衰老，因此当我偶然来到自然之中，目睹如此的强大时，总会立刻哀伤起来。然而，屋久杉正若无其事地矗立在雨中，清凛毅然。

道路就像曲折的发卡。上行几步后再次停下，刚才那棵杉树的全貌呈现得更加清晰起来。风带着白雾缭绕的雨水穿过杉树，仿佛要把雨水放在树上，那份白色会在穿过时淡薄下来。原来是这样啊，我明白了。在这里，雨水就是带给杉树的礼物，杉树则在等待下一次礼物的到来。礼物与其说是雨，不如说是一件外衣，轻飘飘地穿到杉树身上，又仿佛瞬间穿透而过。从远距离观看，这种景象令人感到不可思议：几乎打穿雨伞的大雨丝毫不带任何浑浊之气，反而映出了杉树身披轻盈外衣的模样，着实有趣。

第二天，雨幸运地停了。天空依旧阴沉，但是当地人都说不会再下。我们坐了一个小时的车，又转乘森林铁道继续行驶了一个小时，途中随处可见冲出树木包围的巨型屋久杉。到达铁道终点后只能徒步，可是下车后看到前路的瞬间，我已经吓得只想放弃。那么陡峭的斜坡，脚下还都是坑坑洼洼的石头，我这样的人怎么也不可能爬得上去。这应该算是我第一次在山中行走，比起脚步，眼睛已经先败下阵来，不知道怎么办才好。但是一行十几人自然不可能注意到我心中所想，都笑眯眯地催促着。在犹豫是前进还是放弃时，我姑且迈开了脚步。大概走了有一百步吧，腿脚开始变得僵硬，呼吸也沉重起来，早早进入了需要人拉拽的状态。不过到了这一步，我也坚定起来，就走到走不动为止吧。就这样，我被人拉着推着，甚至还被人搀着。尽管如此，我还是休息了一次又一次。除了休息时间，什么风景啊，树木啊，我什么都没看，只是一个劲儿地盯着前方拉我的人的脚。我不再烦恼，只是接受着对方的好意。然后，我们终于来到了威尔逊株前。

威尔逊株由植物学家威尔逊于1914年发现，是一处砍伐后留下的树根，曾让威尔逊深深感动。树根周长三十二米，切口直径十三米，树龄推测为三千年，体形巨大。由于油脂较多，屋久杉不易腐烂，因此树根一直毫无损坏地留到今天。这是一个无法用语言形容的好地方，不知用"六根清净"来描述是否合适，独自一人沉浸在这份沉静中，心灵都会得到洗涤。数棵出色的小杉将威尔逊株围在中央，树干浑圆，树龄大约两百年，都是挺拔成长的大树。看着这些树，我的心也在不知不觉间伸展开来，更何况数量还那么多，给我留下了强烈的印象。站在这样的地方，很容易就会相信高木顶端必有神明降临。与这里相比，屋久杉乐园的人类气息太浓了，树木也早就习惯了人类的存在。而在这里，树木没有被人类的目光污染，依旧清清净净。

继续向前，道路更加难行，腿脚也已经不听使唤。"我背你。"我表示自己的体重有五十一二公斤，结果对方说："这个重量没问题，我背你走。"从东京出发时，医生和家人都严肃地反复叮嘱我，让我不要过于贪婪，可是一听到有人能背我，欲望瞬间涌了上来。威尔逊株处在海拔一千米的地方，绳文杉在一千三百米处，我不知道距离有多远，总之海拔相差三百米。这么说或许十分厚颜无耻，但是如果有人能背我去，那我很想实现长久以来的心愿。

没有绳索，也没有扶手，就这样背着我。不过对方丝毫不显勉强，在石头间跳跃着上上下下。每当坡度变陡时，弹跳就更加明显，而且还时不时快速伸出手来，精准地抓住可以用来攀扶的石头。敏捷自在的身手与对路线的快速判断让我震惊不已，心中的恐惧却也难以抑制。听到我不停地倒吸冷气，对方说道："被人背着也会很累，不过还请放心。"我只能在对方的背上诚惶诚恐："非常抱歉，太感谢了。"

　　实话实说，绳文杉的姿态简直惊世骇俗，那骇人的模样甚至让人怀疑它不是杉树。从根部开始向上的树干粗壮异常，在十八九米高的地方分成若干，粗度从那里骤然萎缩，树干的线条也不怎么美观。在一般常识中，杉树应该是笔直的，顶部呈现出尖锐的三角形，端端正正。然而在绳文杉面前，常识完全说不通。粗度与高度的比例很难用美来形容，本应是三角形的部分也已经塌陷，与端庄相距甚远。根部周长二十八米，胸径五米，树高三十米，计算机推测树龄为七千两百年，但是，绳文杉被人发现的时间出乎意料地晚，是在1966年。岛屿明明如此狭小，这样的巨木却长久地游离于人的认知之外，着实不可思议。

　　屋久杉大都是疙疙瘩瘩、凹凸不平的，这棵绳文杉尤其如此，整个树干都被大大小小的疙瘩所覆盖。由于树干下部没有树枝，一切都裸露在外，而且根部周长达到二十八米，冲入视野的疙瘩的面积也十分可观。除此之外，疙瘩表面的颜色同样让人不悦。杉树的树皮原本是红褐色，但面前的疙瘩上掺杂着一块块灰白色，不知是风吹雨淋的影响，还是类似黑发变白发的现象。红褐色中扭曲着一条条灰白色的线条，充满了惊悚与不快感。根部在地面上爬得到处都是，纵横交错，苦苦挣扎，表皮剥落，露出的白色格外醒目，也不知是源于自然还是源于踩踏。最为人毛骨悚然的是那一眼便知的古老。且不论计算机推测出的七千二百年可不可信，在看到绳文杉的瞬间，直觉便告诉我它的寿命已经超越了人类的测算能力，散发出莫名的异样。我不会怀疑七千年的岩石，可是生物真的能这么长寿吗？尽管如此，眼前的情形还是让我接受了这份超越常识的长寿。树的模样足够惊异，树龄也充满了骇人的压迫感。

说句心里话，我怕了。恐惧使我的思考也偏离了常轨，并由此引发了更多的恐惧。这棵杉树难道不会慢慢变成我们尚不了解的东西吗？我毫无道理地琢磨着，陷入了异样的状态之中。但是面对同行者的厚意，我又不能直白地表达内心的负面感受，只将异样隐藏起来。午餐便当领到手里，胃却感到不适，手脚的疲劳也到了极限。不过难能可贵的是，阳光将后背照得暖融融的，非常适合小睡片刻。只要想睡，无论身处何处都能合眼，这可是我的绝招。

多少恢复了些精神后，我抬眼眺望，景象已经和刚才大不相同。绳文杉的格调果然不同凡响，其粗壮敦实的姿态飘散出悠扬的氛围。与粗度不大相称的高度让树梢总是暴露在肆意的风中，所谓"忍耐之姿"恐怕正是如此。虽然谈不上端正，却刚毅稳健。树干上丑陋的疙瘩和凸出地面的根盘同样是力量与强韧的象征。它们取代了华美的外表，成为实力可靠的明证。重新观察一度使我惊恐的树皮颜色，竟发现它们就像手工织物一样惹人喜爱。如果将树皮上的不规则纹路染成褐色和灰色，就成了纹路不规则的纵向"凹凸织"。这棵古老的巨杉姿态英武，却穿着格外雅致的和服，让我饶有兴趣。身体疲倦，心灵就会疲倦；心灵疲倦，眼光就会发生偏差。见到难得一见的杉树，第一眼不甚愉悦，第二眼重生好感，内心也放松下来。绳文杉果然是翘楚中的翘楚，格调卓绝。不过在风趣风韵上，还是大王杉更胜一筹。

返程路上，我几乎无法行走。右腿迈出去后，就算用手去拉后方的左腿，也纹丝不动，这让我惊愕不已。明年肯定不行了，但是今年总还能有办法。我之所以一直这么想，都是多亏向导的援手和坚实的后背，才终于得以与屋久杉勉强相遇。相遇是相遇了，但不是"遇到"，只是看到了表面的模样，并且没那么清晰。即使知道了根部周长二十八米、胸径五米的数据，我仍然没能把握它的粗度与大小。回到东京，我把绳子连起来模拟测量了一下，却依然无法理解其真正的规模。其实，要想真正理解那棵巨杉的庞大，方法并非没有，关键在于如何看待它。

* * *

东京有一家销售知名木材的商店，为了答谢老顾客，店家想要举办一场不错的活动。多方考虑后，他决定招待顾客前往屋久岛参观绳文杉，结果正好合了众人的心意，皆大欢喜。虽说在生意上已经销售了多年屋久岛的木材，但是见过直立树木的人很少。大家虽然一直惦记着什么时候要去看一眼，却都被日常的繁忙压得行动不了。

参加者无论脚力强弱，最终都站到了绳文杉前，各自感动，各自感慨，一片热闹。回到旅馆放松下来后，一位七十多岁年纪最长的老者对主办方表达了感谢，说今天看到了这辈子排名第一的好东西，真是不虚此行。原来如此，是好东西啊。这个形容如此虚幻，却又充满怜爱，让人想要珍藏起来。在长年经手的生意中，屋久岛的木材自然是看了又看，这句"好东西"自然是基于自己的眼力。但是与此同时，这当然也是一颗跳出了生意的心对这无与伦比的巨杉的纯粹赞叹。能将同一理念贯穿始终的人，眼光果然清澈。正因为眼光坚定，所以内心才能将杉树的大小，也就是所见之物的壮观牢牢印刻在心中，美好的语言也才能因此自然流露出来。而我却无法做到这一点，绳文杉的宏伟漫出了我的视野与内心，让我无法应对。

我没有学习过相关知识，也没见过各地那么多杉树，无知识无经验的人所能采取的方法就只有亲身接触。这样的方法着实莽撞，却也会带来无知者才有的感动，让人乐在其中。对我来说，那份感动曾是我的依靠，然而这份狭小的感动还没能持续片刻，就被绳文杉震撼人心的景象所击溃。失去思考的空间实在凄惨，我动弹不得。从那天以来已经过了将近一年，但绳文杉那与普通杉树不同的容貌，那些疙疙瘩瘩（绳文杉的疙瘩尤其多，不过也不仅限于绳文杉，大树根部总能见到那些不太普通的扭曲之处，不知是该叫疙瘩还是隆起），还有那超越想象的七千年树龄，至今仍未被我完全理解或容纳于心。

被统称为屋久杉的长寿巨杉为何能活这么久？再怎么强大的树，想要平安地长成大树，环境都是不可或缺的。看到散于各处的屋久杉，我注意到了它们之间的共通条件。海拔在一千到一千三百米，地面坡度不算太陡，小盆地般的地形可以避开强风，部分土层足够深厚。此外附近还需要存在湿地，保证水分充足。

进一步推断就会发现，年幼的树尚还弱小时，周围最好有高度合适的树作为屏障，能够避免狂风和其他灾害的侵袭。但是小树一旦强壮起来，需要获得充分的光照时，那些树就会变成阻碍，它们最好能在新陈代谢中自然消失。能够幸运地获取好环境，似乎也是屋久杉赢得长寿的必要条件之一。尽管如此，屋久岛的风土并不优渥。说到杉树的营养，有的只是太阳和雨——也就是光照与水分。仅凭这些就能养育出长寿的巨木吗？是的，这些就可以。

不过，这营养贫瘠的环境也起到了巨大的作用，因为各种致病细菌无法在这一环境中生存。低营养换来的是没有病菌的洁净，贫乏的条件也能助力茁壮成长，尽管这话听起来多少有些刺痛。总而言之，屋久杉的成长过程并不奢华。

我有幸参观了营林署的苗圃。在我的请求下，一位在别处工作的年轻主任特意前来。据署长介绍，比起自己的孩子，这位主任更加惦记苗圃，照顾起来也更加精细用心。"不知为何，育苗的人大多都很温柔呢。"署长补充道。树苗培育到一定程度后，就会被拔出来移栽到山林中，但是将精心培育的东西送出去时，我们能做的就只有祈祷它们平安成长，然后默默藏起无法言说的寂寞，拜托移栽的工作人员多多关照。

移栽人员也有自己的心绪。署员中负责林地种植的人即将退休时，就算署长体贴地建议他们去找个温泉放松休假，也没有人会兴高采烈地出发。"与其去泡温泉，不如让我自由地去山里转转吧！"然后就奔赴那些自己曾经参与过种植的、平时无法轻易前往的谷底与山巅。回来后，他们会欣喜地汇报："已经变成可靠的年轻人了！"然后再添上几句忧愁："不知道是不是有什么不中意的地方，去了那处山谷的孩子好像心情不太好呢。"一旦亲手种下，就是一辈子的孩子，用署长的话来说，"怎么也不可能忘记"。那大概也是工作人员退休前对工作的一种总结与感慨吧。不过在那之上，应该还存在一颗父母爱子之心。平安成长绝非为了国家，就算状态并不出众，人们的忧愁也绝非为了世人。用他们的话来说，那只是关乎自己的喜怒哀乐，仅此而已。与森林息息相关的人果然不同，话语总是那么清新而深邃。

苗圃里密密麻麻地聚集着刚刚长出真叶的树苗，每一棵都昂首挺胸地顶着三条针叶，显然都是杉树。这么小的东西也能成为巨大的屋久杉吗？我有些恍惚。有趣的是，仔细观察就会发现，有的树苗上不是三条针叶，而是四条，完全脱离了常规。我问是不是种子不一样，结果对方笑着回答："也有那种可爱的小家伙呢。"

树的和服

　　杉树穿着竖纹和服，绳文杉也是竖纹的。当我这么写时，一位女士对此表达了兴趣："这还真是和服常用者的角度。"确实如此。我一直穿和服，不是因为我对穿和服有自信，而是害怕自己的体形不太适合洋装，不知不觉就穿到了老年，如今也已不想再换。总而言之，是七十年来的习惯。至于树木的纹理，杉树或是竖纹，或是纵向的凹凸织；松树是龟甲崩纹；而日本紫茎则没有任何纹路。

　　自从想到树都穿着和服，已经不知过去多少年了呢。去北海道看鱼鳞云杉时，坐在奔驰于针叶林斜坡上的吉普车中，让我困惑的是，如何在看起来一模一样的松树中分辨出鱼鳞云杉。到了目的地后，我无奈地求教于人，结果对方说我只盯着树梢上的叶子，自然分辨不出来，还要观察树干的颜色与树木皮肤的模样。也就是说，不要被高处的叶片和花朵夺去注意力，也不要忽略和视线等高的最容易看到的部位。那时我才知道这是树的装束，如果将树皮看作和服，便能成为记忆的线索。不过话说回来，就像一朵棉花都有很多种类一样，树皮相似的树数不胜数，让人头疼。"噢，这棵树可真是，和它的衣服那么相称，真是棒极了。在风度上，在前景上，在品性上，都是个好青年啊。"遇到挺拔的年轻杉树时，我总会如此欣赏，这已是我的极限表达。

对专家来说，向一无所知的外行人教授知识是非常麻烦的，很容易烦躁不安，心生无聊。看鱼鳞云杉时，我也给对方添了麻烦，但是对方的教授方法让我感激不尽。他不仅指出不能只看树梢，还引导我去看树皮的颜色和状态，十分亲切。当这份亲切感渗透进我的心中时，相关的记忆便也扎根脑海，成为我此后的力量。那些熟悉大山的人先行一步，却又同时将所知所得心平气和地传授给我，他们厚实坚韧的肩颈之姿让人难以忘记。

歌舞伎的服装有相当厚实的种类，例如松王丸、梅王丸和樱丸，[1] 松王丸的衣服一看就很厚。我没有亲手碰过，只是从远处的座席上眺望过，不知道是否真有那么厚重。但是看到古松的树皮，我便想起了那件衣服。松树穿着厚重的和服，或者说"穿得很厚"更合适。树皮就是松皮，模样像龟甲崩纹，

---

1 歌舞伎《菅原传授手习鉴》中的三兄弟。

布满粗糙的裂口，观察裂口的深度就会发现确实"穿得很厚"。松王丸的衣服呈黑、白、青的清冽配色，黑底上伸展着挂雪的松枝。但是真正的松皮颜色更加浑浊，满溢的龟甲裂纹彰显着威严。再加上松王丸的头发相当厚重，而自然界的松树也经常呈现出针叶繁茂的样貌。戏剧的装备自不用说，就连自然的创作也如此出色，让我颇为感动。如果不是那么厚重的头发，就无法与松树那厚重的和服搭配，头发稀疏是会让和服哭泣的。

银杏的和服是凹凸不平的。越是大银杏，凸起就越明显。纵向的凸起相对更多，但是也有类似曲线纹或者斜格子之类的图案，凸起的长短与配置也毫无规律。不过，银杏的树皮上并没有像杉树或松树那样的裂口，看起来更像是粗粝的褶皱堆积在一起。由于凸起十分醒目，从远处也能看清它们的线条。银杏的树叶形状独特，一到秋天，那鲜艳的黄色甚至能将周围点亮。彼时，树干上的凸起看上去会更漂亮。若干年前，我曾经透过开往上越地区的火车车窗眺望过银杏树，那份美丽至今仍清晰地留在我的脑海中。澄明的天空下，明黄的银杏叶翩翩浮动，红日斜照，树干上黑漆漆的凸起紧致清晰，站姿无可挑剔。那绝非徒有其表，而是真真切切地拥有囊括多彩风景的力量。

有的树穿着坑坑洼洼的衣服，它们没有深邃的裂口，也没有高高的凸起，却也不算顺滑。树皮上到处都是剥落的痕迹，颜色很浅，逐渐化为斑纹。大叶桂樱、剑叶木姜子、三球悬铃木、日本紫茎和夏椿的肌肤都是如此。剥呀剥呀，剥得坑坑洼洼，因此也有人嫌它们很脏。将要剥落的皮向上凸起，仿佛心存留恋似的咬住树干不放，让人联想到脓包结出的痂，看起来实在不怎么舒服。尽管如此，看到树木根部那些脱落的小皮已然丧失水分，蜷缩着身体，悄然向灰尘转变，便会觉得它们楚楚可怜。完成使命的身姿已经超越美丑，只会惹人心动。

坑坑洼洼的和服也会因为看待方式的不同而显得美丽，三球悬铃木就是如此。我认为这种树的和服并不太像纺织品，而是有种染色之美。杉树的图案、松树的纹路和银杏的凹凸皆为织出的纹样，但是三球悬铃木并没有织物的韵味，取而代之的是染色的趣味与精巧。它的树皮并非一次性大面积剥落，而是一点点按照顺序掉下，因此色彩浓淡交织。仔细一数，共有浅茶色、略深的浅茶色、绿色和带绿的灰色这四种颜色，它们构成了斑纹，即使在染色布料中也算高级。南紫薇整体都以红茶色为基调，惹人喜爱的云纹一看就是好衣裳。

这么说可能有些装模作样，但是如果不站在一生的角度去看待，就无法准确描述树木的肌肤。因为树也分为婴儿时代、青年时代、壮年时代和老年时代，肌肤会逐渐发生变化，从少年的肌肤中是无法推断出老年状态的。不只肌肤，叶子的形状也有盛衰变化。幼时圆形的叶子可能会在成长中出现缺口，年轻时有缺口的叶子也可能逐渐变圆。有的叶子老后更加尖锐，有的老后则更加圆润。

日本紫茎的树皮也会剥落，肌肤却格外美丽，红色的肌肤在树林中异常醒目。而且那不像和服，倒像皮肤本身，摸上去凉凉的、滑溜溜的，光泽动人。如果比喻成布料，大概就是高级丝绸吧。不知是年轻时树皮就不会脱落，还是脱落后也不留痕迹，总之年轻的日本紫茎光滑平整，若以和服作比，就像是穿着没有花纹的红褐色绸布和服，虽然带有正装的意味，却有种落落大方的女商人的风度——轻松愉快、彬彬有礼，笑声朗朗却又不失分寸，外出时总会穿上正装，优雅得体。

不过，长成大树后，日本紫茎的树干上就会"啪咔啪咔"地留下树皮脱落的痕迹，颜色很浅。在箱根的树木园，若干棵粗壮的日本紫茎聚集在一起，看上去很是养眼。但是当时恰逢大雨，没有任何新绿的鲜艳。在满眼的浓绿与浅绿中，红色的树干粗壮有力，既不骄傲，也不怯懦，我第一次知道雨水也可以如此华丽而活泼。仔细看去，透明的雨水顺着裸肌般的树干流下，美得让人惋惜。雨水理所当然会顺着树干从上流到下，但是那水流过于纤细优雅，我一时间看得入了神，不禁想要测量这绝美的细流到底水量如何。我没有任何测量道具，也不可能携带任何测量道具，有的只是我的身体和一把伞。而身上能够使用的，也只有我的手。我张开右手的大拇指和另外四根手指，将手掌垂直按在树干上，通过呼吸的次数测量雨水漫过手的流量。如今，我的手掌已经变薄变瘦，不过我还记得当时每呼吸两次，水就会漫过去。新绿季节的雨水比想象中要凉。

我第一次遇到日本紫茎，是在大井川寸又峡的深山中。那时正在进行伐木作业，那棵树也即将被砍倒。春寒料峭，新芽正要露头。工人们没有使用电锯，而是挥动那不知是斧还是钺的东西，"哐哐"地砍着。每当斧刃触及树干，切口处就会"啪嚓"一声有水滋出。树木能够准确判断季节，新芽即使没有绽放，体内也已经盛满了水。这棵树的水似乎很多，我请工人停工片刻，从切口处往里瞧了瞧，一颗颗水滴眼看着就要落下，这正是这棵即将被伐之树的生命印迹。

我用指尖接过水滴尝了尝，没有味道，也没有气味。不一会儿，这棵日本紫茎的树枝便指向谷底，倒落伏地，微微绽开了点点绿意的树梢与直立中带着柔和的红色树干让我惋惜不已。就在这时，向导开口了："要是那么喜欢日本紫茎，正好有个手工制作的日本紫茎木花器，就送给你吧。"那是件让我欣喜的朴素佳作，利用了自然形成的凹凸，仅仅从中段切开嵌入水槽。红色肌肤已经变成了沉淀的暗红，光泽也被隐藏起来，但是触感却十分顺滑，无论放上什么野生的植物都很合适。

　　对我来说，日本紫茎是一种与水有缘的树，或许说它具有一定的水性特质吧。

安倍岭

　　在静冈县和山梨县交界处的安倍岭，有一片纯粹的枫树林，这一信息是我偶然从县自然保护科那里听说的。我立刻就请求对方："请带我去吧。"无论是什么树，新绿的状态都很漂亮，其中尤以枫树类的吐芽最为极致。就连公园里孤零零的两三棵枫树，都会让我在吐芽时驻足沉迷，更何况纯粹的枫树林里嫩芽齐放。一想到那该会是多么让人心神向往的景象，我便认为自己决不能错过一饱眼福的机会。年龄在长，欲望也在涨，还真是这么回事。我深知自己体力已大不如前，却仍厚着脸皮去委托他人，也明白对方的客气，但直觉告诉我，一定要去看那片纯粹的枫树林发芽的美景。五月小长假过后，保护科的人联系了我。欲望被满足的那天，天公也同样作美，驶向静冈的列车窗外，每一片新绿都像罩上了光环。

　　比起花来，有人更喜欢新绿，背后大概就是对新鲜与清爽的偏爱吧。我两者都喜欢，不过若是说得更细致些，最吸引我的是即将绽放的花与即将展开的叶。当花蕾即将变成花朵、嫩芽即将变成叶片时，它们都绝不会抢着开放或过度伸展。花朵总是在摩擦中开始露出笑脸，叶片也总是在摇晃中慢慢松动，既小心翼翼，又全力以赴。柿子叶俯身缓缓生长，罂粟花需要花些时间才能脱去冠状物。花朵也好，叶片也好，生命的起始各有迟滞。但是一旦度过这一阶段，罂粟的红花就会毫不犹豫地绽放，柿子叶也会伸展绿色，独当一面。我喜欢花与叶的这种起始，或者叫初生。因此当新绿出现，我便会觉得一切告一段落，变得放松起来。诚然，美丽的事物总会令人心驰神往，但注视嫩芽时，我们怀揣的是保护的温情；而凝视新绿时，我们投以的是专注的目光，这两者之间还是多少有点区别的。

我对发芽的喜爱由来已久，近年来倾向更加明显，大概是因为老了。老去的心里总是潜藏着隐隐约约的希望，希望能与新时代相连、与新生命相续。我喜爱花与叶的初生，一定也是因为这隐匿的私心。车窗外的新绿从一开始就让我心情愉悦，但是仍在滞涩中慢慢舒展的那片枫树林的吐芽，才是我真正的向往。

到达静冈县后，我们驱车沿着安倍川驶向梅岛。河川蜿

蜓，山峦叠现，每座山都覆满了年轻的叶片。静冈县竟然有
这么多山啊，我想。顺流而上，必然有山出现，这是由日本
的地形决定的，不过静冈县那海岸平原的形象要更加深入人
心，现实却完全相反，真是奇特。连绵青山的各处都有土石
崩落露出的黑色地表，大概是昔日的痕迹。也有的地方筑起
了厚实的防护墙，同样可见黑土的裸露。由于糸鱼川构造线
从这里经过，安倍川流域出现了许多崩塌，这可是静冈县的
烦恼。围绕年年发生的山地崩塌与安倍川的荒废，日本政府
与静冈县联手应对，每年都要花费十几亿日元。但是防护也
好，修复也罢，都追不上大自然的破坏力。在如此令人心痛
的灾害之中，安倍川的细流仍沿着开阔的河床平缓地流淌着。
然而这平缓细流的稀少水量足以说明这里正处于破碎带，应
有的水量没有沿河而下，而是潜入河底，成为地下水。因此，
人们无法在安倍川上修建大坝。土地不具备足以支撑大坝的
力量，河水也会流入其他地方，无从下手。

面对树木和草叶，大自然在多数情况下会给予它们恰当
的温柔。我已经习惯看到那些"恩惠"，曾经很认真地认为
它们过于慵懒。而所有河水都将倾泻到某处，这是多么可怕
的事啊。这是我必须记住的恐惧。

来到梅岛，我们还要继续向上。考虑到我脚力有限，车

把我们拉到了无法继续通行的地方。一下车，所有人便欢喜得叫出声来，面前是从未想过的幸运。隔谷相望，对面混杂着铁杉等植被的赤八汐正在盛放。那里竟然有如此的植物群落，就连熟知当地的保护科工作人员都不太了解。毕竟花的生命短暂，如果赶上只有叶子的时期，或是叶片落尽只剩枝条的时期，从山谷这边很难发现。那花色既不是红，也不是朱或绯，而是稍带紫藤色的浓粉，是一种复杂的美。赤八汐属杜鹃科，喜好生长在靠近山脊的岩石地。如此贫瘠的土壤怎么能生出这样的花色花容？我很是疑惑。赤八汐高度能达到五六米，花先开，叶后出，因此从我们站立的地方看过去，花朵仿佛悬浮在针叶树厚重的青色之间，妖艳浓丽。意犹未尽地继续凝视，还能察觉出相伴的一抹寂寞来。这大概就是山花的特征吧。喜悦越发浓烈，我不禁向山神道谢：真是大饱眼福，大饱眼福啊。

后来，我们抵达了目的地，结果发现离发芽还有好几天，完全没有预测到正确的时机。不过，旅行的有趣之处正在于此。枫树依旧保持着完完全全的裸露姿态。其实在前往目的地的途中，看到一路上的发芽状况，心里已经有所察觉。山下的幼叶已经伸展到手掌大小，半山腰的树叶则小心翼翼地放松了些许姿态。而在快要抵达安倍岭时，一切仍然寂静无声。这不是大吃一惊的推测失误，而是一个逐渐明了，到最后已然心中有数的过程。

　　林中的枫树属大板屋明月种，大树和中树混合生长在一片平地上，或许因为没有其他树种的杂糅，而显得别有意趣。根据大树的树龄来推断，这片林子至少已经有三百年了，氛围宁静沉稳。步入其中，不知不觉便会产生一种来到这里悠闲玩乐的感觉。这种感觉或许源于地形，或许源于树的形态与布局，还可能源于枫树本身的气质，总之是一片能让人心情平静的树林。

　　我想观察新叶那混合着气势与摇摆的诞生过程，下意识地盯住了裸树，却发现那可能才是真正的生长顺序。从裸露到发芽，再到长出叶片，开出花朵，结出果实。完成全部既定步骤后，枫树被染成一片火红，最终消散而去——从裸露的状态开始观赏才是正确的。这是我第一次主动去观察枫树的裸露。我一直认为枫树是女性容易喜欢的树种，明明身形高大，裸露的身体却飘荡着女性的柔和。仰头望去，晴朗的天空从大小枝条编织而成的、不规则的纤细网眼中渗透出来，满眼华丽。既然枫树在秋日里会穿上那么华丽的衣裳，那么裸露时保持格调也并不稀奇。总而言之，这是一种在裸露时也同样风情万种的树。

穿林而出，便是静冈县的尽头，对面就是甲斐之国[1]。大风扬起，营造出颇为符合国境线的氛围。枫树到此为止，前方不会再有。沿着来时的道路踏上归途，胸中涌出了一丝哀愁。由于枫树林下方长着茂盛的山白竹，当它们将地面完全覆盖，无论枫树散播多少种子，也无法长出新芽。竹子会压到年幼的枫树头上，独自占据光照。这么一想，怪不得枫树林里都是大树和中树，却见不到小树的身影。"那就把竹子都灭了吧。"我表示不满，却得到了这样的回答："这个嘛，处理竹子可是很难的哦。"这或许就是大自然的法则，是难以抵抗的发展规律，但是我这个老女人还是会感到凄凉。虽然这片林子不会在一两年内就发生变化，但凄凉感仍难以抑制。

第二天，工作人员带我去了日本三大崩塌之一的大谷崩。那是什么样的景观啊！连绵挺立的山峦之间，从棱线到山脚，一整面都是崩塌的痕迹。崩塌是从多久前开始的？如今走到近前，土石落下的声音仍然不绝于耳。不过据说近年来的状况已经平稳了很多，从半山腰向下的一部分区域已经长出了植被，可以说是日渐平息的证明。树到底是强大，还是弱小？

1　"甲斐"指今天的山梨县。"国"在这里并非指国家，而是日本古代的行政单位之一，下文的"国境线"同样指区域之间的界线。

即使是如今仍在继续崩塌的土地，只要有种子，就能存活下去。但是竹子一旦繁茂起来，旁边的植物就可能在几十年后灭亡。不过仅就眼前所见（我不清楚是什么植被），试图在崩塌之地定居的树还真是顽强。从学问上讲，这其实与顽强什么的毫无关系，只能说那种树能够适应那里的环境，只是我的视线总是习惯性带上感情。

与山间崩塌相同的情况同样多见于安倍川沿岸。在砂石混杂的岸边，胡颓子和柳树异常茂盛。河边冬冷夏热，还很干燥，一下雨便遭水淹没。即使条件这么恶劣，胡颓子和柳树还是抢先一步扎根下来。而且繁荣过后，其他树便会取而代之，轻而易举地将凋落的它们当成自己的肥料。这就是大自然运行的一环，我却无法不替胡颓子感到悲哀。踏上归途时，赤八汐那妖艳的花朵与胡颓子那不修边幅的身姿依旧在我眼中驻留。

纵向的树，横向的树

　　住在奈良的时候，我曾经从同为木匠的西冈两兄弟那里听过很多故事，让我非常满足。在各种各样的话题中，一有机会便反复提起的"树有生命"这一点，让我印象尤深。

　　这里所说的树不是那些直立的树，而是指木材。在哥哥西冈看来，直立的树有自己的生存方式，木材也有自己的生存方式。如果将立木看作第一次生命，那么木材就是树的第二次生命。草率地将木材视为没有生命的东西，是十分浅薄的。这是工匠的认知。而弟弟也曾经对我说："请不要只看活着的树，也要去看树的死体。"这里说的也是木材，但是"树的死体"这一说法让我有些无法平静，于是进一步追问，结果对方答道："'死亡的树'或'树的死体'，怎么说都可以，我也没办法解释得很明白。但是'死亡的树'听起来多少有些不一样，朽坏的树、腐烂的树、腐朽的木材、废弃的木材，哪一种都不能准确对应，果然还是'树的死体'最准确。"

对方平时是个绝对不会多言的人，这次竟然如此强烈地表达自己的主张，想必经过了深入的思考。我有幸在他那里见到了用杉树、松树和扁柏打造的、从旧物上拆除下来的古老木材，已经十分脆弱，却又没有失去各自的本性，松树就是松树，杉树就是杉树，一眼便能辨出。

树的死体，死亡的树——我无法抓住两者之间的区别，很是困惑。我认为那不是腐烂，那些木材应该没有经历过在腐烂过程中染上湿乎乎污渍的过程。朽坏呢？似乎准确一点，但是说到朽坏，果然还是伴随着脏污与湿气。但那些木材没有类似痕迹，看起来清清爽爽。它们在被安排好的位置长期发挥作用，不知何时用到尽头，也毫不在意何时会到尽头，甚至不知何谓死亡，就迎来了生命的终结。木匠大概就是将这样干干净净走向生命终点的树称为"树的死体"吧，也就是无垢无苦的自然死亡。因此，那些因为致命的外部疾病或灾害而痛苦的树，恐怕就是"死亡的树"。这不是我从木匠那里直接问出来的，而是我的推测，所以可能不算准确。但是无论如何，来自木匠的判断也好，源自其性格的看法也罢，总而言之，这种遣词用句给我留下了深刻的印象。从用词的角度来说，我也不知道是否正确，不过无论是说之前那棵树还活着，还是说眼前已是树的死体，站在直面木材的匠人面前，除了尝试追上他们的心境与感觉之外，我无能为力。

"但是师傅，就没有其他说法了吗？树的死体，听起来难道不像小孩子的用词吗？"

"这也没办法，我觉得是最合适的了。"

师傅直接回复道。

进入林中，总会邂逅一两棵倒木。有的看起来是被暴风雨拧倒，有的像是在寿终正寝之日扑倒，原因各异。但是它们始终都静悄悄地待着，无人打扰，也因此安稳而从容，露出优美的睡姿。每次伫立原地凝望它们，我总会想起奈良的木匠。看到林中那些穿着苔衣、安稳地躺倒在地的树，那位木匠又会说什么呢？木材原本是站立的树，倒木原本也是站立的树，但是倒木不是木材。我很想问问那位师傅会选择怎样的用词，也急于想要确定叫法，却找不到合适的词语来描述。"倒木"其实不错，直截了当，但我想要更加温柔一些，大概是因为倒木总是被平稳与清净感所包围吧。不过，并非所有倒木都是如此。我曾在台风途经的地方见过一列依次倒下的云杉，不知该用惨烈还是恐怖来形容，只觉得惊讶过后便是消沉的意气。彼时的我比现在还年轻十几岁，已是如此感觉，所以必须趁早再去一次这种能够见到集体死伤的树林，毕竟我已经快要进入不想目睹惨烈与艰辛的年龄了。

早在十多年前，我就听说过北海道野付半岛的椴原，那里有一大片库页冷杉的枯木林。有人曾经写信告诉我，每到夏初时节，在时浓时淡的海雾中，只剩骨架的枯木凝立原地，同样干枯的松萝摇摇晃晃缠绕其上，很少有人能禁得住这样的风景。仅仅听到这些话，我便意识到这是需要做好充分的心理准备去赏的景色，可若是换个角度来看，世间少有如此清净的"墓地"设计。虽然不知道它们为何会一齐逝去，但是库页冷杉怕是已经满足至极，而作为"凭吊者"，也能感受到毫不马虎的肃然气氛。不过北海道的野付半岛太远了，很难安排出足够的时间往返。

就这样到了今年春天，在专门研究青森库页冷杉的青年与一位年轻女性亲戚的陪伴下，我踏上了期待已久的野付之旅。

然而，当我们来到半岛根部，从车子无法继续前行的地方得知前方就是椴原时，我立刻就意识到了自己几十年岁月里的一无所知。在逆光中远远望向前方，能看到的只有几棵像服装店假人模特一样的棒状枯木，它们零零散散地立在那里，畅然明朗，泰然自若，与想象中的差异之大让人说不出话来。难得来了，却在走下出租车之前就已放弃。司机十分同情我们，表示直到四五年前还多少能看到那幅光景，又推荐我们去摘几朵四散开在停车场周围的黑百合。听到我们说旅行还要继续，就不摘花了，司机也没有勉强我们，只是介绍说很多人都拿这种花当宝贝，不过其实是种笨蛋花。其他花都那么鲜艳，黑百合却黑乎乎的很不起眼，还垂着头。我们都笑了起来。可是笑着笑着，我却想象起库页冷杉那渐渐不堪自身的重量与潮风的侵袭，接连失去小枝与大枝后最终崩塌的模样。就算它们残存下来，大概也只能在激增的观光客的喧闹中毫不犹豫地加快自己归于自然的速度。但是，即使没有被宣传为观光胜地，潮风与海雾的墓地迟早都会变成如今的样子，若无其事地化作明亮通透的空气。这大概也算树的一种善终吧，只留下惜别之情。

　　同行的青年温柔有礼貌，而且看起来很有力气。他话不多，却也恰到好处地为我做了各种讲解。由于野付之行是我提出的，就算失望而归，也不需要任何补偿，他却用心地为我们安排了从蓼科出发深入缟枯山的行程。这里同样因枯树林而闻名，而且格外奇妙的是，排列整齐的枯木在倾斜的山坡上描绘出了规则的横纹。那些已经枯死的、暴晒露骨的躯干微微低头，织出灰白色的纹路，而那些活着的枝繁叶茂，蓬蓬勃勃地织出浓绿的图形。一段段灰白与浓绿在山腹层层叠叠，勾勒出异样的景象。

究竟是怎样的约定，才让它们一齐描出横纹？或许是它们在既有环境中做出的便利选择，但是能在保持相同间距的同时一齐迎接死亡，无论如何都令人惊叹。

关于椴原的说法很多，有人说是潮位的上升或地面的低下导致树根被海水侵蚀，也有人说是潮风带来的盐分和风力对冷杉构成了伤害。那么，缟枯山为何也会如此呢？连我的心中都冒出了焦躁，专业人士又会怎么想呢？不过内行人原本就不会产生外行人的想法，而是会站在对侧思考，因此，他们或许会悠闲地眺望着那灰白色的枯死纹路吧。仔细看去，灰白色下方还聚集着一群少年般的年轻树木，也不知道几岁了。父母一齐逝去，孩子一齐降生，多么卓绝的设定。当这些孩子长大后，应该也会像这样更替。这设定是好，却也让我莫名战栗，无法自控地冒出这样的想法：树木的生与死竟然如此震撼人心。不过，眼前的年轻树木确实也为我的内心带来了一片宁静。

我们在这里吃午餐和休息，吃的时候也不忘眺望那纹路，纵纹、横纹与斜纹不知不觉混成了一片。纹路包括生与死两种横纹，活着的树当然是立着的，但也有不少死亡的树是站立往生的。但是，那里也有许多自然倒下或是在倾斜中岌岌可危的树。灰白色的纵纹、横纹和斜纹线条优美，却也令人毛骨悚然。再过几十年，大家都会遵守自然法则而倾倒，从届时茂盛的年轻树木身边被抹去。我怀着这份预想鞠了一躬，踏上了归途。

尽管有可靠的青年同行，我也不敢更深一步踏入那纹路之中，更何况我的体力和脚力都十分有限。青年也察觉到了这一点，不知是不是想安慰我，他表示自己四五年前也来过这里，因此多少有所预期。当时树木的枯萎范围比如今更甚，让他震惊不已，因此这次看到大片年轻树木出现在眼前，心里踏实了许多。走在林中的人们似乎都怀着同样的心情，都在说着年轻树木是希望，新树是救赎。不畏树木的死亡，平静地在前进中继续探索，内心明明拥有这份强大，却仍享受从年轻树木的繁茂中获得安慰。

缓步前行中，青年为我讲起了脚边开着白花的小草。"你还是别教我这么多了，否则忘得肯定比记得快。"听我这么说，对方很干脆地停下了讲解。留下印象的果然只有一个：蕨叶草，高山植物，梳齿般的叶子形似筬，因此又得名筬叶草。筬是织布机的部件，用来整理经线的位置，以便将纬线顺利织入。这不就是纵与横嘛，个中趣味促成了记忆形成。

树的不可思议

去年夏初，我偶然拜访了静冈县大谷岭的大谷崩，受到强烈的震撼，进而又听说从崩塌之地发源的安倍川是一条十分棘手的河流。两者之间的因果关系在我心中生成了莫名的寂寞与哀愁。

自那以来，我开始对荒废的事物产生兴趣，断断续续去看了富士山的大泽崩和男体山被称为"薙"的崩塌处。[1]尽管经历有限，我还是明白了每个崩塌现场都有自己的面貌与氛围。有的正处于最激烈的活跃期，有的在衰弱中趋于平静，还有的似乎正在短暂休整。有的让人恐惧上涌，有的飘荡着悲声愁色，还有的气势汹汹扑面而来。不过，所有崩塌之地的共通之处，大概就在于那种惨痛。崩塌中推出的巨大岩石沿着陡坡滚落，却因大自然那不可思议的平衡力撂在一起，颤颤巍巍地停了下来。站在正下方抬头仰望，恐惧让我哆哆

1　男体山位于栃木县日光市，是二荒山神社的神体（祭拜对象），"薙"的称呼源于崩塌处仿佛是被薙刀剃过后留下的痕迹。

嗦嗦，但是鼓起勇气慢慢环顾四周，那些沉甸甸堆在一起的岩石庞大的外观仿佛正在渗出更加浓厚的惨痛。尽管可怕又惊人，但底色仍是惨痛的；尽管荒凉又深沉，但底色仍是惨痛的，这就是我现在的感受。

在逐一接触那些惨痛的过程中，我看待树木的心情不知不觉发生了巨大的变化，让我内心一震。祈祷能与树相遇，能从树身上获得感动，然后走入林中，这样的情形一转眼已经持续了若干年。每次我都能遇到合适的专业向导，因此没用多少时间，我便得以游历并邂逅了从北海道的鱼鳞云杉、木曾的扁柏到屋久岛的杉树等多种树木，收获了无比的感动。这些邂逅洗刷了我内心的尘埃，补充了全新的养分。因此在我心中，树木啊，森林啊，都是甜口的良药。

当山地的崩塌与河流的荒废吸引我的目光时，森林与树木不知不觉就成了洗刷忧愁的贴心存在。苗壮成长的杉树林没有变化，伸展枝干的樟树没有变化，阳光与风当然也没有变化。尽管如此，无论望向哪棵树，我都无法感受到真正的明快，内心总是伴着莫名的不安。这块斜坡难道不会崩塌吗？这片河岸难道不会被冲毁吗？类似的感觉总是先行一步。如果发生崩塌，优美的树林就会上下颠倒成为平地；如果发生洪水，河边的松树和柳树便会毫无知觉猝然倒下。一切大概都是源于我开始在意地形与河流，对那些绿色生命心生惦记。

日子就这样过去，八月也只剩下尾巴。我一直认为大谷崩至少要去看四次，可是盛夏时节酷暑难耐，我怎么也动不起来。在等待体力恢复的过程中，夏天已经渐渐化为背影。无论是住宅还是食物、衣物，如果不经历四季，就无法做到完全了解。山川更是如此，别说四季变化，就连清晨与傍晚、晴天与雨天，它们的模样也会改变。如果不能在四个季节看上四回，就没有资格拿来谈论。八月末，夏天已经渐近尾声，虽是细雨蒙蒙，我仍然匆匆忙忙地出了门。

沿着河畔前行，一离开街区，便看到芒草的穗子闪烁着光芒，嫁菜的紫色花朵也亮晶晶的。阔叶树的绿色叶片已经开始衰退，透出寂寥的颜色。草已入秋，木仍恋夏。雨中的山川仿佛罩着一层薄纱，谷地中不时涌起一片白雾，与上次的风情截然不同。安倍川河道宽阔，但是填满河道的尽是沙砾，而非流水。晴天里，白今今的干燥沙砾颗颗分明，水流只占河道的几十分之一，又细又贫瘠。不过今天多亏了雨，沙砾湿润润的，水量也有所增加，流速格外醒目。山向谷地中输送着白丝一样的水，此前因小规模崩塌留下的裸露的地表已被润湿，鲜活如初。

抵达大谷时，崩塌的斜面已经完全被雾气笼罩，什么也看不见。指尖冷得发红，不过雾气的移动很快，或许能够等到散去的那一刻。我哆哆嗦嗦，等待晴朗的到来。

雾气从半山腰开始消散，伴随着晴天的出现，我惊讶于崩塌的斜面比我上次看的时候明显小了很多。难道在这么短的时间内，山会火急火燎地崩塌直至体积减小吗？还是上次的眼睛出现了严重的偏差？两次的印象差别过大，我的内心甚至瞬间冒出了一缕不祥的警惕感：难道我是被山蛊惑了吗？无论怎么看，崩塌处都缩小了一圈。我只能怀疑自己上次的所见所记，却始终想不通原因。心中的不服尚未散去，雾气已经再次升腾上来，从山脊到崩塌处，一切有形的东西都依次隐入雾中，只有淡淡的白色朦朦胧胧，唯一能够确认的就是砸在伞上的雨滴越来越猛烈。崩塌，或许就是这种奇怪的东西吧。

但是，引发奇特现象的应该不是崩塌之处，而是树。上次来时，山腰的一部分已经出现了树木，但是枝条仍然裸露，远远望去只觉得正在冒烟，不至于影响崩塌处的面积。而如今，那些枝条应该已经长出了叶片，密密地覆满了山峦的肌肤。让山的面积莫名在视觉上缩小的源头不如说正是树木，或是青色蕴含的幻术。这是我不曾发觉的、树的崭新一面。

树不言、不动，总是谨小慎微，但是与树的交往不只有亲近的一面。我们必须意识到，树木也是可以隐藏大地、混淆空间的。凡是活着的生命体，大都有着旁人意料之外的奇异面孔，而我正是偶然窥探到了树的迷惑一面。因此，每年四次分别了解四季的变迁，可以说是了解万物的基础。八月末虽然有些晚，但是能趁着夏天尚未结束、叶片尚留枝头的时候来到这里，已是一种幸福。一旦叶片落尽，就无法留意到树与土地的这一关系了。

这样想着踏上归途，视线不由得停留在河床边低矮又茂密的茱萸与柳树上。上次来时，它们还呈现出厚实的球状身姿，可是这次，柳树发黄的叶子已经开始掉落，枝干变得瘦骨嶙峋。没人会往这种地方播种栽苗，肯定是自然发芽，再用四五年长到现在的大小。这么说来，这片河床至少已经稳定了四五年，或者说这条河在最近四五年应该没有出现过能被冲毁的大水。柳树和茱萸都是意气风发的家伙，开拓之心旺盛，总是比其他草木先行一步在河岸的石头间或河心洲的沙砾中落地生根，在缺乏营养的环境中坚韧勃发。然而一旦繁盛，肩负下一代重任的其他树种就会扎下根来，扩张势力，"先住民"则走向灭亡，先驱者的荣光将会遗憾地化为下一代的肥料而消失殆尽。不过，在小雨中湿透的淡黄色柳叶那让人怜惜的模样，仿佛也使这铺满鹅卵石的荒凉河岸上的纤瘦柳树美得更加醒目了。

到了十月，我踏上了富山县常愿寺川的溯源之旅。常愿寺川被称为防范地质灾害的麦加圣地，水流湍急，源头是一处名为鸢山的大崩塌。崩塌的山与狂暴的河，实属宿命之缘。顺流而上着实不易，我拜托建设省立山防灾部门[1]的工作人员陪同，总算实现了四天三晚的旅程心愿。其中一晚，我们就住在上游的工程事务所里。那里是河岸仅有的开阔平地，是铁道的终点，也是地质灾害防范工程的一线办公地。

事务所前方就是不折不扣的悬崖，下方深谷里的急流啃噬着白色的岩石。身后则是绝壁高耸，一缕瀑布飞流直下。而且那绝壁看上去年代久远，缤纷的秋叶宛如锦缎，热烈地装点着岩壁表面。只有能够适应高海拔与寒冷气候的树才能在这里扎根，红叶、黄叶、褐色叶和橙色叶齐聚一堂，针叶的浓绿也恰到好处地混合其中。树木种类繁多，但是个头都不高，姿态好似低矮的盆栽。它们脚踏可怕的绝壁，身上穿戴着美丽的秋叶，真是让人忍不住叹息的绝景。

1　建设省是日本国土交通省的前身，存在于 1948—2001 年；立山为富山县的地区名。

第二天是个雨天。绝壁上的红叶湿润得更显鲜艳，前一天还只有一条的瀑布旁多了若干条白色的丝线。我不由得感叹了一声好美，所长先生温和地笑道："情况可没那么简单啊。"降在绝壁上的雨水无论是汇入瀑布，还是渗入地下，都会汇集到事务所所在的平地下方。那仅有的平地由昔日崩塌的土沙堆积而成，如果大量雨水流到贫瘠的土壤下方……可不能保证不会发生崩塌。"美是美，可是我们不能放松啊。"我笑着回应："但现在没有继续崩塌的迹象呢。"结果对方立刻表示这不是玩笑话，而是心声。就在几年前，这块平地的面积曾是如今的三倍，还修建了两个能让工作人员放松的网球场。然而也不知是因为冰雪融水还是暴雨，地面突然塌陷，大量土沙落入河中被冲走，如今已了无痕迹。想到现在站立的地方也可能会因为某些契机而突然塌陷，我窥向谷底，那深度不由让我毛骨悚然。而回头望向绝壁，秋叶正如锦绣扑面而来。

危险之地的秋叶美丽尤甚。正是因为有了解危险的人在身旁引导，我才会有如此感觉。如果一无所知，我从那秋叶中感受到的愉悦一定会十分浅薄。树木果然拥有迷惑人心的力量。

杉树

　　第一次见到四脚消波块时，我不知为何被强烈吸引，站在原地久久凝望。在同行伙伴的催促中离开后，我也不时想要再去多看几眼。那是很久以前发生在新潟县海岸的事了，却不知为何无法忘怀，总能回忆起来。有时是从相关话题或事项中想起，有时则是毫无来由地突然冒出。我完全搞不明白自己为何会受到如此吸引，每次都在意得不行。是因为第一次见到吗？我曾经下过这样的结论，可是自那以来，我又经历过多种多样的初次邂逅，虽然每次都有感慨，却也都被时间的浪潮逐一带走，思绪很少复苏。就算重新想起，也只不过当那是过去的事。可是四脚消波块却在眼前活灵活现，让我怀疑那应该不是出于第一次见的理由。我无可奈何，只能暂且以"奇怪的四脚消波块"来定义。

　　四脚消波块是从何时开始得到广泛使用的，我不甚了解。不过在新潟初次见到后，我又在很多地方发现了它们。新潟自不用说，消波块是避免岸边受到海水侵蚀的防波护岸用品，而如今它们的用途更广。最近一次看到它们是在富士山脚下的斜坡上，从大泽崩倾泻而下的大量土沙岩石被用来防治地质灾害，四脚石的形状、大小和组合方式，全都因地而设。我不禁感叹，四脚消波块还真是在不断进步与发展啊。

有一种交换草纸的买卖，可以用旧报纸交换新草纸，与过去的旧物回收或废品回收不同，过程中不涉及金钱交易。我也会把旧报纸拿到这类交换店，店里有个吆喝起来语调奇特的人，我每次都会交给他。他的话不多，每次都是"只有这些吗？那这个给你"，交换便结束了。去年秋天，那个人罕见地指着报纸上捆好的结，多问了句："这个绳子，是你系的吗？"我回答"是的"，他立刻多给我拿了两份草纸。用这位大叔的话来说，报纸干干净净、捆绑时将折痕相互重叠、绳子系得牢固等，都非常便于他往卡车上装，省了不少工夫。为表感谢，他多给了我两份草纸。"你知道怎么处理纸张呢。"他补充道，"在你这个年龄算是有力气的了。"最后他又说，"如今可是不常见啊，能有力气捆东西的女人。"说着便走到外面，"嘿哟嘿哟"地把我的旧报纸捆扔上卡车。报纸捆未经整理，四角完美地重合在一起，随着车体一起摇晃，却没有塌落。看着车子拐过路口渐行渐远，我突然想起了酒桶，又想起了杉形[1]，然后脑子里还冒出了新潟的四脚消波块，每一样东西都让我愉悦而放松。一连串的事物都是在交换店的卡车转过街角时"刺溜刺溜"冒出来的，就发生在我伫立于木制后门前的那一瞬间。

我之前的婆家是酒类批发商，数座仓库内整整齐齐地堆放着绑有稻草绳的四斗酒桶。在交换店"嘿哟嘿哟"的生动画面与自己带来的被四四方方堆起的旧报纸模样下，那份记忆被诱发了出来，"堆积"一词引出了杉形，甚至导向四脚消波块。不过，新潟的四脚消波块不能用堆积来形容，只能说是胡乱放置……

说起杉形，如今能听懂的人越来越少。那种形状就像杉树耸立的姿态一样，顶部高耸而尖细，下部宽阔而安稳。小时候，我已经听过太多需要处理成杉形的情况，比如灵前的点心、拜神的供品、给客人端出的点心盆以及料理的摆盘，乃至木柴与炭包的堆积方式，所以非常熟悉。只要两侧有支柱，木柴堆之类的东西就不会倒塌。但是在没有支柱的情况下，只要堆出杉形，同样可以稳住。做饭时，我经常在处理凉拌菜上遭到批评，听到过不知多少次不满："装盘时，必

1　指像杉树一样上尖下宽的形状。

须在中央摆出稳固的顶点。那些软塌塌的醋味噌拌菜端出来，客人就算怀疑你不会做饭也是正常的。"

　　酒桶是不会堆成杉形的。重量就是酒桶稳固的支柱，因此会堆成方形。圆形酒桶按照"先摆一排，再增加排数，最后增加层数"的顺序堆积起来，一旦形成方形截面，酒桶之间就会出现缝隙，孩子们就会容易掉入缝隙内。一组组酒桶拉开适当的间隔，在宽敞的仓库中各自堆积。对于附近的孩子们来说，没有比那里更适合捉迷藏的地方了。稍大些的孩子会爬上酒桶堆躲藏，眼看就要被找到时，一不留神便容易跌入缝隙。虽然不会受伤，但是空间狭窄，爬不上去，只能叫人来帮忙，挨一顿骂再回家。这已是昔日的风景，大概是卡车的晃动让我联想到了这一幕。我嫁过去的时候，运输工具正在由马变成卡车。我曾一次次饶有兴致地目送卡车满载着用绳索固定的酒桶离去，那是我这个文人家庭的孩子全然不知的光景。

　　关于四脚消波块的联想，自然是从"堆积"这一现象中来的。就在前不久，我在富士防灾事务所听到了用来防范地质灾害的四脚消波块的故事，不出所料地立刻想到了新潟的海岸。那倒是没什么问题，可为什么四脚消波块会如此长久地定居在我的心里呢？疑问再一次不受控制地浮现出来。

也可能是因为我从来没有堆积过实体物件吧。堆积起来的只有岁月年龄，是不受自身意志控制的寂寞。直到被人夸奖旧报纸的捆包方式时，一切都还正常，可是当我若有所失地目送卡车离开后，联想霎时间涌上心头，莫名地让我沉静下来，心中却仿佛留下了一地渣滓。

日复一日，我的每一天都是怎样按照计划"堆积"起来的呢？

大约两个月后，我有幸得到了观看常愿寺川泛滥影像的机会。那是对名副其实的狂暴之川发狂状态的真实记录，压迫感惊人。我时而哑然，时而感叹，看完后回过神来，发现记忆中的地名和场所几乎都被抹去，印象鲜明的只有事态本身。

其中最让我感动的是杉树。那是一棵直径一米的古老巨杉，它曾经无忧无虑地生长在离河岸有段距离的地方，姿态优美，不胖也不瘦，树梢清爽，简直就像标本一样完美。然而，狂奔的激流反复啃噬着堤岸，先是削掉一小部分，然后眼看着继续撕扯，没过多久便带走一大片。堤岸消失，水流越发湍急，周围的一切都被冲毁推走，杉树全部暴露在外。杉树坚持了片刻，便直挺挺地破开激流沉了下去。没有挣扎也没有抵抗，只是笔直地沉入水中，留下了杉树的极致之美。

杉树是日本自古就有的树种，也是对人们最有帮助的树种之一。与其他树种相比，人们在播种、扦插和嫁接等培育杉树方法上的尝试都要更早。不过，事实真的仅仅如此吗？我们的祖先不是仅仅在乎杉树有没有用的人，而是创造了"杉形"这个词的人。这是个不应该消失的词，就算别人嫌我是个啰唆的老太婆也无所谓，哪怕只剩我一个人，我也想把这个词传播下去。

我仍然不明白新潟的四脚消波块为何会留下那样的记忆，交换店大叔的称赞带来的联想也很奇异，就连影像中看到的杉树的逝去之景都属偶然——然而这一天那一天连在一起，就是如此有趣。

灰

去年八月十二日，我去了樱岛[1]，目的有两个：看火山灰；看泥石流。

近年来，樱岛一直在持续冒烟，人们苦于火山灰飘落带来的灾害。那种灰到底是什么？我怎么也无法理解。据了解当地情况的可靠人士说，火山灰就像将炭渣磨碎后得到的东西，与我们通常所说的将纸张、稻草或木头点燃后烧出的轻飘飘的灰截然不同。不过，稻草与木头的灰可以叫灰烬，炭渣也可以叫灰烬，因此用"灰"来命名应该没什么问题。樱岛的灰是火山灰，而火山爆发又不是人们往山体底部投放柴火造成的，所以都属于矿物燃烧的残余物。灰也有很多种类，对灰的认知应该从稻草灰和炭灰开始，再扩大到矿物灰。

可是这么一想，对灰的关注不禁又深了一层。就在那时，一张照片真切地吸引了我。照片中没有树木、花草或人家，

1　樱岛位于鹿儿岛县，岛上有活火山，与鹿儿岛市之间有渡轮往来。

只是一片莫名飘荡着寂寥感的宽敞空间，一个男人撑着西式黑伞站在那里。那不是雨中的抓拍，而是撑伞躲灰的光景。我只有亲自去、亲眼看，才能了解一二。

樱岛的泥石流被称为"梦幻泥石流"，见过的人很少。泥石流发生的场所、气候和时间决定了这一点，亲眼见到流体几乎是不可能的。近年来，樱岛山地的侵蚀现象越发严重，泥石流发生的频率也随之增加，越来越为人所知。若是如此，那我可能也有机会遇到，就算错过，应该也能看到痕迹。八月十二日正处在"迟到一个月的盂兰盆节"[1]期间，公共交通格外拥挤，但我的身体状况恰好不错，不能错过这个机会。而且就在当月七日，北海道的有珠山时隔三十多年后突然喷发，浓烟直达一万两千米的高空，大量飘落的火山灰引发了灾害。那时我正要开始准备前往樱岛的旅行，有珠山的新闻让我变得犹疑，不禁恍惚起来：到处都是同样的灰啊。

火山灰一落到渡轮上，就会立刻飞入眼中。水泥道路两旁的沟里尽是被风吹成的一堆堆的火山灰，颜色也不是灰色，而是黑乎乎的，像是混着一些褐色，又带有一些鼠灰。大概说成"黑砂"会比较合适吧，重量似乎和沙子差不多，从聚

1　经过明治时代的改历后，原在旧历（农历）7 月 15 日前后举办的盂兰盆节活动改为新历（阳历）8 月 15 日，因此有"迟到一个月的盂兰盆节"之说。

集成堆的状态看也不算轻。不过看到建筑里的楼梯角落也有它们的身影，我想它们应该也是轻巧的，至少会随着人们行走带来的空气而移动。它们原本就是小小的一粒一粒，肯定也会粘在鞋底。火山灰果然还是少见的独特之物。

这种沉重的灰或是每日落下，或是每月落下若干次。每次喷烟，它们就会出现，落下的地点因当日当时的风向而异，集万千麻烦于一身。因为是自然现象，人们无法阻止，只能无计可施地长期忍受，就连单纯的口头抱怨都已经懒得去做。樱岛特产的白萝卜和橘子也因为火山灰的落下而无法收获。我的内心渐渐蒙上阴影：无论是在物质层面还是在心理层面，这可都是非同一般的灾患啊。白萝卜无法长成，橘子一旦粘上火山灰，皮就会起皱裂开，根本不能销售。火山灰里一定藏着能让橘皮腐烂的有害成分。但是我也听到了这样的故事：客人表示橘子表面有伤痕也无所谓，因为它带着长年以来战胜环境而赢得的美味，农家也因这句话感动落泪。我不禁顾虑地望向道旁的刺桐：真的可以探访落满火山灰的农田吗？刺桐总以鲜绿的叶子搭配鲜红的蝴蝶形花，呈现出总状花序，属于醒目的南国树种。这里的刺桐同样开着花，可是花朵与叶片上都蒙着一层灰，一副疲劳困顿、强忍艰辛的模样，恐怕已经被沙砾一般的火山灰在破碎后形成的细尘缠得严严实

实。面对此情此景，我终于开始明白什么是火山灰，得以窥
见植物遭受火山灰灾害的实态。刺桐华丽的花朵因满是灰尘
而丧失生机，哀怨深重，白萝卜和橘子的遭遇也很容易体会。
植物无法逃走，无法防范，只能任由自然摆布，让微尘一样
的火山灰涂满全身，勉强维持着呼吸。而火山灰还会继续降
下，那声音就像秋末冬初"唰啦唰啦"的小雨，毕竟它们是
颗粒。半个天空被扩散的烟雾遮得浑浊起来，另外一半则是
阳光白云，往来的人们用报纸或毛巾遮在头上快步前行。灰
粒硬得不可思议，直直飞进眼睛。原来如此，看来伞也是必
需的。或许是因为第一次听到，火山灰落下的声音让我产生
了一种难以言说的寂寞。

　　说到寂寞，有位老人的感慨让我印象深刻。在那前一天，
我探访了多处侵蚀与崩塌现象都十分严重的山谷，听到了各
种关于泥石流的故事。大自然可怕的力量压得我喘不过气，
或许也让我更容易感同身受。老人似乎一直惦记着有珠山喷
发的事："一样都是喷火喷烟的灾害，那种困难和痛苦我很
理解。我也知道这么说恐怕会招来误解，心里也很顾虑，但
是说句实话，我非常羡慕有珠那里的人。"有珠山因喷发而
登上了全国各地的媒体头条，各方面的救援力量迅速集结，
研究火山的专家提供了专业知识，四面八方的同情不断汇

聚——然而,老人羡慕的不是那些援助,而是喷发本身。当时,有珠山的喷发确实成了一大事件,但是热度消散得也十分迅速,让人羡慕。就算遭受巨大打击,只要是短期灾害,人们反而会更加勇敢。而在火山活动拖拖拉拉持续了不知多少年的樱岛,人们早已身心俱疲。这让当地人自感悲哀,也因此羡慕起有珠山来。这些羡慕的话语从老人的口中一字一句地迸出,深藏悲切,我做不出任何应答。不亲自来到现场,还真无法想象灰给人所带来的重压。

　　樱岛旅行结束两个月后,十月过半,我动身前往有珠。有珠山的火山活动尚未完全平息,但是应该已经度过了危险期,看起来十分平静。街道的清理工作基本完成,旅馆等设施也已经恢复常态。

　　有珠町教育委员会的会长和司机在千岁机场接我,第一眼就让我心里一惊,两个人都散发着明朗的气息,丝毫看不出来自灾区。我不禁问出了口,结果对方回答不只是他们,大家都反而比有珠山喷发前更加神采奕奕。毕竟如此大的事没有造成恐慌,无人受伤,也没有发生疫病、火灾或偷盗等案件,每个人心中都增添了一份顺利渡过难关的自信与安心,因此没有人哭哭啼啼,大家都有一种行动起来的干劲。我深感自己听到了一个好故事，可是樱岛那位老人说过的话也自然而然地冒了出来："如果是短时间的灾害，就算受灾情况严重，人们也能从中获得勇气。"复杂的思绪在我脑中弥漫开来。

我的停留时间很短，具体安排已经提前定好。从机场到洞爷的路上，会长会先介绍喷发、避难与紧急对策等相关情况。待到达有珠后，再带我去拜访火山灰、浮岩[1]与泥石流的痕迹，最后前往受灾的山林。

在会长的精心安排下，车子一直沿着秋叶最盛的山道行驶。这两天时机正好，山顶的秋叶就算刮风也不会脱开枝条，在阳光下鲜艳欲滴，没有比那更美的风景。然而耳畔听到的却是浓烟滚动，将城镇笼罩在黑夜般的昏暗中，最终降下大量含有岩石碎片的火山灰的话题。我的眼睛、耳朵与心时而交融，时而分离，手中紧握着做记录的铅笔，双腿明明无须发力，却始终不自觉地紧绷。这让我感到全程都格外充实，秋叶的美也因此更加深刻地烙印在我的心中。顺便一提，我一直认为没有什么别离，或者说终结，能比红叶与黄叶的凋零更加动人心弦。当这一年的生命退场时，它们总会重新穿上华丽的衣裳，一副若无其事的样子，没有任何犹豫，就那

---

1 浮岩：一种多孔、轻质的淡色火山碎屑。

样潇洒地离开。离开后散落满地，或是再次飘向他处，总之一定会姿态优美地找到归处。我这么说可能听起来有些不干净，不过飘入鱼肠储存桶里的红枫叶，和落在肥料桶盖上休息的银杏叶，我都是见过的。即使是那种地方，秋叶也能优雅地安身处之。如此美丽的终老过程，还能在其他事物身上见到吗？我每年都会沉醉地看着它们。

* * *

　　樱岛的火山灰黑乎乎的，一粒一粒沉甸甸的，但是有珠的火山灰呈灰白色，细腻轻盈，触感柔和，形状近似火盆里的灰。如果是这种，那我也能毫无障碍地接受。不过实际上还是要比火盆里的灰更重一些，也因此有种粗粝感，一副冷漠的样子。有珠山爆发后，大大小小的浮岩与大量火山灰一起飞落到街道上，因此有人认为这种灰可能是浮岩碎裂后形成的粉状物。我想到鹿儿岛县由昔日火山灰堆积而成的白沙台地，想到洞爷湖的水因有珠山爆发降下的大量浮岩与火山灰而变得白浊，浮岩挤满了岸边的湖面，让接运难民的船无法靠岸，又想到大正时代初期的樱岛火山爆发，当时也曾发生过浮岩漂满海湾导致救援船无法停靠的情况。

　　火山一旦喷发，排出物的分量是远远超出想象的。说到清扫街区或道路，自然就要把火山灰和浮岩收拾到某个地方，于是我被带了过去。那是一座混合着火山灰的浮岩小山，就堆在丘陵脚下细长的空地上。颗粒从指尖大小的到拳头大小的都有，有的脆弱得一捏就碎，有的则无比坚硬。四周飘浮着淡淡的臭味儿，仿佛阴气环绕。这些东西降下的时候曾经发出了怎样的声音呢？身处如此情况，当地人恐怕无法特别去留意声音，甚至可能会陷入充耳不闻的状态中，因此也不可能开口询问。不过在各色各样的声音中，当时的声音属于哪一类呢？我想大概是让人厌恶的声音，但那是大自然的所作所为，因此也可能出乎意料地清爽，不带执念。

执念深重的是悄无声息落下的火山灰，山林的受灾就是证据，降在那里的灰依然保持着当初的模样。

落满火山灰的树着实惨不忍睹，却又让我无法移开视线，内心久久不能平静。洞爷湖畔的山林被区分得清清楚楚：一方是幸免于难的区域，针叶树与阔叶树混合生长，秋叶满目；另一方蒙着一层火山灰，平铺开去的灰色让人很容易就把那里误认为是草地。眺望普通的山时，不同的树种会带来景象的差异，有的葱葱茏茏，有的参差不齐，高低可见。但是被火山灰覆盖的山已经失去高低起伏，仿佛一片混沌，没有尽头。覆盖使得高低变得模糊，失去了高低则将了无生气。

第一次喷发发生在八月七日早上，第二天又喷发了若干次，林木已经覆上了相当分量的火山灰。当晚大雨倾盆，而且十二点前又喷发了一次，火山灰混合了雨水，变得像生水泥一样重，精准地黏着在已经覆满火山灰的枝叶上。火山灰的性质就是如此，一旦变干，就会凝固结块。阔叶树会因为最初那些含有碎石的火山灰而从第一天就开始落叶。第二天出现生水泥状的降雨后，整片树林就会完全失去夏季八月的正常模样，完全裸露出来，让人窒息。此外，在叶落之前，火山灰的重量还会折断部分树枝，一些生长在斜坡上的树从树干处折断或裂开，状况与台风带来的灾害完全不同。忧愁萦绕在受伤的树之间，我害怕得想要尽快逃离。一棵看不出种类的大树不知是仍然活着，还是命数已尽，树干前端指向天空，一根根从连接处折断的树枝全部垂在下方，四周尽是层层叠叠倒在一起的同伴。斜阳明亮，大树茕茕孑立。看到那幅画面，我仿佛正在经历鬼压床一般，动弹不得，只能呆呆地立在原地。

　　可怕的东西不止一处，与季节不符的繁茂绿叶同样让人心中不悦。有些枫树八月落叶，新芽随后立即长出，在如今的秋天里青青翠翠，实在异常，茂盛的浓绿下方是阴森森的漆黑。秋天的枫树本来应该是热热闹闹的，叶片红红黄黄，明亮鲜丽，还能牵引出周围的明快氛围。可是现在，原本的明红恍惚间变成了青色。阔叶树的青色在夏日里惹人喜爱，到了秋天却让人讨厌。这是我第一次带着厌恶的心情眺望青枫的枝条。

可是心软下来一想，青枫是多么可怜啊。八月遭遇突如其来的天灾，叶片悉数被夺走，该是多么绝望。后来又在一个星期内想尽办法发芽，该是多么拼命。事到如今，树木看起来并无大碍，可是那青翠的叶片今后又会变成什么样呢？恐怕已经精力耗尽，无法在来年继续孕育生命了吧。人们都注视着青叶生长的树梢，谈论它们的秋天，感叹植物的生命力。但是在我看来，面前的树已经精疲力竭，岌岌可危。树确实有强韧的一面，可是在火山灰的强韧面前呢？如果火山灰只是单纯的灰，还有可能通过掉落或被吹散来逃过一劫。可是雨水会使火山灰生成黏性，一旦干燥便会结成固体。在这固执而强大的韧性面前，树木似乎完全败下阵来，甚至不久后还要面临降雪的侵袭。长满阔叶树的山一片惨淡，折断的柳枝已经枯萎，只有一根前端冒出了淡绿色的嫩叶，盈盈弱弱——我心里一阵悲伤，这是个为生死搏命的秋天。

针叶树也遭遇了悲剧。山脚下的一小片日本落叶松仿佛被刀剃过一样，树梢全部消失，给人的感觉实在奇异。就像一群没有头颅的生灵排列在一起，柔软的树梢大概是被生水泥般的火山灰瞬间夺走，留下的折痕清晰而残酷，毫不留情。附近的人们听到折断的声音时，最初还感到疑惑，到了第二天早上才发现这幅光景。在夜半的喷发与大雨中，那猎取树木"头颅"的声音"啪咔啪咔"作响，让人鸡皮疙瘩冒了一身。虽然落叶松的侧芽可以生长成为树干，但是如此境遇还是会对它的木材价值造成损伤。

山坡上的日本落叶松林更加悲惨，已然全部倒下。而且即使过了两个月，也依然裹着淡灰色的火山灰。树的头部被火山灰固定在地面上，倒成了巨大的弓形。树干就像脊骨，枝条宛如肋骨，与恐龙等大型古代动物的骨架一模一样。这样的日本落叶松不止一两棵，而是层层叠叠，组合般倒在一起，覆盖着火山灰的样子怎么看都像白骨。暴露在光天化日之下的恐龙墓地——明明是日本落叶松，怎么会让人联想到动物？站在原地哀悼时，内心无法抑制地激动起来。我询问为我带路的会长："我想再走近一些，这个斜坡会塌吗？""多少有些不好走，但是应该还能上。"于是我请对方拉着我登了上去，不知哪里的火山灰"呼"的一下升起了烟。比起从下方仰望，站在一旁平视更能清楚地体会到这些被拖入死亡的树有多么可怜，头部被狠狠压在地上，弯曲倒伏的状态与大弓无异。那份姿态让我感到非常压抑，于是伸手搭在树枝上，想要"嘿哟嘿哟"地把它们拽起来。凝固的火山灰"啪啦啪啦"落下，腾起烟雾，呛得我直想打喷嚏。"起来啊，快起来啊。"我摇晃着，可是已经完全僵直的日本落叶松一动不动，似乎已经空虚得不会再做任何尝试。我和会长四目相接，对方也伸手帮我拉拽，然而毫无效果。晚风突然刮来，气温开始下降。这种完全由情感驱使的随性触摸，让触感还残留在我的手上，我的内心怎么也无法平静。

年末，会长助理给我寄来了绘图明信片，上面印着小学生画的有珠山。孩子的画作特点鲜明，尤其是山顶部分，孩子充满自我主张的画法真切地再现了火山口在此次喷发之前的模样，真是幅好画。"无论好坏，都希望您能再次前来确认洞爷的变化。"明信片上还写着希望我开春后再去。我也是这么想的，无论好坏。人们的生活也好，覆满火山灰的山林也罢，时针总会转动，季节总会流移。等天气暖和些，再去那里看看吧，这大概就是人们心中那份对自然变迁的情感吧。

木材的生命

前些年，我稍微与斑鸠[1]的古塔重建工程有所牵连，因此和负责重建的木匠师傅西冈先生熟悉起来。

说是西冈先生，其实是同一家的三个人：父亲楢光、大儿子常一和二儿子楢二郎。三人都是以佛堂佛塔为代表的古建筑业界知名木匠。我对佛堂佛塔和其他古建筑都一无所知，按说不可能与具备顶尖技能的专业木匠聊得来。可是三位西冈先生都十分认真且友善，不仅诚恳地为我讲解相关知识，还讲述了许多让我难以忘怀的好故事。

三人血脉相连，或为父子，或为兄弟，在同一条道路上矢志前行。但是他们的姿态气质又各有不同，思考方式和性格也不一样，可谓三人三貌。不过，三人也有表情和情绪微妙相似的时候，尤其是在工作上，有时会不约而同地给出一

1　斑鸠：指奈良县斑鸠町，区域内有法隆寺、法起寺等多处名列世界文化遗产的古老寺院和遗迹。

致意见，令人赞叹。我不禁暗想，这大概就是常说的性格不同，但是在技艺追求上的目标殊途同归吧。

三个人最先教给我的是"树是活着的"。当然，他们并不是并排坐在一起教我的，时间和地点各不相同。但是他们最先告诉我的概念，都是"树是活着的"。木工口中的"树"不是直立的树，而是指在直立姿态的生命结束后的木材。在那之前，我认为绿叶盈盈的立木才是活着的树，成为木材的树已经失去了生命。但是三位西冈先生都说，树有两次生命：一次是在直立的时候；另一次是在成为木材之后。木匠们曾经参与法隆寺的大规模修复工作，面对一千两百年前的古老木材，他们用手触摸，用胳膊环绕，用皮肤感知。在如此宝贵的经验之上，他们产生了"树是活着的"这一信念。当刨子接触到法隆寺一千两百年前的古老木材，鲜活的木纹与充满光泽的肌肤暴露出来，芳香扑鼻。吸收湿气便会丰满，一旦干燥便产生褶皱，这不就是木材活着的证明吗？它们会在强风里弯曲，在地震中歪斜，却总能忍耐下来，恢复原貌，这不也是活着的证据吗？原来如此，我感到自己终于明白了什么，却也意识到，似乎只有亲眼见到才能明白得透彻。

每次一有机会，我就能听到这样的解说。不知听了多少遍后，我终于恍惚地意识到，"树是活着的"是西冈先生作为工匠的心灵根基。

在佛塔修复期间，我临时搬到了斑鸠。其实并没有这个必要，只是莫名觉得想要注视着整个过程。幸运的是工程进展顺利，当一切几乎完工、只剩下部分细节时，我已在斑鸠住了一年多，差不多要准备返回东京。一天，弟弟楢二郎先生过来找我。我住的地方正好在楢二郎先生的上班路上，他经常顺路来访。他是个安静的人，说起话来也十分安静，却又不拘小节。他给我讲了许多工作上的事。那天他来的时候显得有些沉闷，没聊几句便面露难色："今天的话题不算好，我一直犹豫要不要讲。"我问是什么话题，楢二郎先生说："是关于树的死体。"

无论多么优质、强韧，树都有寿命，命尽则身死。耗尽寿命死去的树有一种活着的树所不具备的高贵与沉稳，这正是楢二郎先生身不由己被吸引的缘由。"如果您不在乎什么吉利不吉利，我希望您能看看树的死体。只看活着的树太片面了，希望您能感受到无论死活的树都威风凛凛，只要见过一次，就一定能对内心产生某种影响。"这是多么深邃的内心啊，我不由得被打动，并表达谢意。

第二天，我立刻得到了机会。出现在眼前的是扁柏、杉树与松树。一眼看过去，它们全都像寿终正寝一样，而扁柏和杉树还清晰地残留着生命未尽时的模样。它们生前发挥作用时的威严与力量已经消失，取而代之的是随和而宁静的气息。原来，生命的终结竟然能够营造出如此平和的氛围。无法言说的情绪在心中升起，有安心，也有怜惜，更有一种毫不黏腻的纯粹的感动。我突然有种拨云散雾的感觉，三位西冈先生从最初就告诉我的"树是活着的"究竟是什么意思，在这一刻豁然开朗。或许这并不符合常理，可是看到生命已尽的事物，活着的意义反而更加鲜明起来。

不久后，我回到了东京。移居期间堆积的各种事务追赶着我，让我应接不暇。也许是年龄的原因让我变得容易退却，也许是脚力已不再允许身体移动，我就此没有再返回斑鸠。

然后就到了今年二月，我在晨报上看到了楢二郎先生的讣告。他因心力衰竭而倒在工作现场，抢救也未能挽回他的生命。我的脑海中最先浮现的，就是他通过实物为我讲述树木死亡的情景。虽然对死亡话题有所顾虑，他还是表示，只见生而不见死实在片面，树无论生死都姿态堂堂，只要见过一次，就一定能有所收获。种种强烈印象仍然留在我的脑海中，无法忘怀。我不是因为楢二郎先生离世才回想起来的，而是每次一想到楢二郎先生，就会想起当时的情景。他为我带来了十分美好的话题，就像赠予了我永远都不会减少的福气。

楢二郎先生还曾如此感叹："木匠这个职业，造小房子也好，家宅也好，都是越造越多，乍看上去是受到神明护佑的生意。但是实际上，这是个在不断缩小减少的工作。木材要切割、削挖，让它们变小。为此使用的刀具需要研磨，磨刀石会在研磨的过程中磨损，而使用磨刀石的我们也会在不知不觉中消耗寿命。这是个来世不会有福报的职业。"他的语气听起来格外认真，我这个听众也不由得情绪低落下去。

不过与此同时，楢二郎先生也有过意气风发的发言。在佛塔的修复工程中，有的年轻工匠经验尚浅，当他们第一次处理大型木材时，并不能分到相对简单的工作，这让他们感到既欣喜又不安。然而在同伴面前，他们无路可退，只能哆哆嗦嗦地按照图纸画下墨线。进入切割阶段后，对墨线是否正确的犹疑也涌上心头，毕竟自信这种东西从一开始就不存在，旁观者用余光都能觉察到他们的惴惴不安，这实在让人同情。年轻的工匠之间流传着"刀落之时就是忌日"的玩笑话，毕竟一旦出错便无法挽回。

遇到这种场面，木匠们总是笑眯眯地拍拍那些年轻人的肩膀："别害怕，失败了还有我呢。"楢二郎先生也是如此。

他快速地转动眼珠检查数量，又笑容满面地高调宣告："失败了就由我来收拾。"年轻木匠微微低头示意，终于落下锯子。

我忍不住问楢二郎先生："墨线没问题吧。如果真的切错了，那种优质木材要怎么处理？需要赔偿吗，还是与委托人商议？"他笑道："害怕得直哆嗦的时候，失败是很少的，不过稍微熟练后，就可能随时出错。"有些年长的工匠也抱有"木工每天工作时都在担心当天会不会成为忌日"的想法，因此切割这一工序似乎总搞得他们神经紧绷。

在楢二郎先生看来，青涩的年轻人的恐惧并非仅仅源于对扣钱的担忧。面对优质木材，年轻人在气势和地位上已经处于下风，更何况还要对这些木材进行切割，而这又是一项至关重要的作业。他们感到害怕也是理所当然的。这些优质木材历经数百年风霜，威仪堂堂，不过它们会给木匠带来压迫感，但能培养他们的胆识，这是不能忽视的关键所在。经手过这类木材的年轻人都会很快沉稳下来，这便是证据。树始终在不知不觉间养育着木匠，这就是楢二郎先生的所思所想。在我看来，他实在是个温柔待树的人。

花与柳

　　昔日的墨田川畔曾是东京屈指可数的赏樱胜地。我就出生在一片种满樱花的河堤缓坡下方，直到二十岁都住在那里。花的美丽开始留在记忆中是在上小学之后，那时确实格外迷人。粗壮的树连成一排，树枝肆意伸展，花朵竞相盛开。附近的大人们却一个劲儿地叹气："以前不是这样的。"在他们看来，那些树已经衰败，花色黯淡无光，而且每年都有树会完全枯萎，参差不齐，实在不成体统，根本无法自豪地说什么赏花胜地。让孩子心满意足的樱花其实已经过了最盛期，大人们心里都很清楚，可是孩子们依旧用自己的视角年年沉迷于此，欢欣雀跃。

　　或许是因为在这样的土地上长大，如今每到樱花季，我的心仍会变得轻飘飘的，竖起耳朵细听电视里的开花播报，憧憬着赏花之旅。不过实际上，无法出门的时候还是占了大多数。其实能在附近的寺院或出行路上偶遇的樱花树下稍作停留也好，那样也能满足。今年也是如此，一进入四月，我便多方计划，却还是心生怯意，最终以眺望偶遇的樱花作为今年的缘分。那是雨中的樱花。

前些年，我前往山梨县北巨摩郡拜访神代樱。那是一棵被指定为天然纪念物的古树，树种为"江户彼岸"。去的那天正逢开得最好，让我幸福异常。那棵巨木可谓不负神代之名，一眼便可知其古老，根部不知该如何形容，奇妙的姿态甚至让人怀疑它是不是樱花树，模样和颜色都仿佛岩石的集合，肿瘤般的凸起相互缠绕，狂野而惊悚。花朵的形状与色彩皆属上品，身姿翩跹优雅，可是目光一旦移向根部，却又会陷入惊异。花朵是今年开出的年轻生命，树根则是历经岁月的古老生命，对比起来多少有些震撼。仿若坑洼岩块的根部让远远高出它的树梢前端开出了楚楚动人的优雅花朵，用美丽或坚毅来形容都很恰当，可是我却无法控制地感受到了它的可怖，正是那份可怖让它周身的"古物感"无法散去。人们用"老妖"或"霸主"之类多少包含恐惧的词语来称呼鲇鱼或鳗鱼等非同寻常的巨大古鱼，那棵树正是如此。

凝视古树的根与相邻部分——从地表向上几米的那一段，我总会害怕起来。无论是松树、樱树还是樟树，古树的根部总是堆满了疙疙瘩瘩的瘤子。为什么会变成这样，为什么不能长成利落的圆柱形，为什么不是树原本的形状呢？对于两三百年的树来说，这样的根部是美丽的。那些在恶劣环境中生长的树就算有若干变形，也无须在意。尤其是看到长寿的树木那疙疙瘩瘩的根部，我就有种败下阵来只能逃走的感觉。再加上那样的根部竟然能让树梢长出点点美丽的花朵来，我简直就像被美丽与恐惧夹击，动弹不得。神代樱散发出一言难尽的威严，很容易便铭刻在心。看过那里的花，再看那些年轻的樱花，我总会感到空虚。

樱花树的花朵自不用说，嫩叶也同样美丽。果实虽然不能食用，却仍会在红通通地成熟时呈现出可爱的形状。夏天绿叶上的毛虫确实让我困扰，但是秋叶散落的风景着实动人。这是一种占尽优点的植物，只有一点让我遗憾，那就是脏兮兮的树皮。如果从树芯内部或根部起就脏兮兮的，那也没有办法，可是剥开外层的树皮一看，光泽动人的胭脂色肌肤上覆盖着独特的几何纹样，就像穿着典雅的和服，实在令人惋惜。精美到如同手工艺品的树皮华丽优雅，与能够开出那般花朵的树格外相称，而展现在人们眼前的最外层却是最无法入眼的。我曾问过植物学方面的专家能不能想想办法，结果对方笑着说还从未听到过这样的请求。那份轻盈淡泊只可见于树木短暂的青春期，当万花盛放时，肌肤便已然失去了润泽。对此我感到万分遗憾，岩石般的根部与脏兮兮的树皮之间难道就不存在什么谜之关联吗？

柳树也是我在意的对象之一。城里人印象中的柳树大都是垂柳和银柳，垂柳在河沟边或是街道旁都能见到，银柳则多用来插花，有人因为它奇特的名字[1]而记住了它，但是在街头并没有它的身影。我是从七十岁以后才开始特别注意柳树的，在布满石块的荒凉的河中岛上，茂密生长的柳树吐出嫩芽，剧烈地摇动着我的情感。说是吐出嫩芽，其实就是枝头朦朦胧胧地染上一层淡绿，却毫不在意激荡的水声与拂面的寒风，生机勃勃地生长吐息。它们毫不畏惧四周的环境，全力迎击激流与寒风，处处显着强韧。那片柳树比人高一倍，想必已经在河中岛上居住了若干年，涨水时便浸泡在水中，根部被冲刷过无数次，却毫发无损地坚持到了现在。有人曾经告诉我，柳树是一种"先驱植物"，在恶劣的条件中同样具备卓越的生存能力。我十分喜欢"先驱"这个词。垂柳那纤柔的姿态当然值得欣赏，但是开拓荒地生根发芽的坚韧同样也是柳树的本性。从那以来，柳树就在我的心中占据了一席之地。

1　银柳在日本被称为"猫柳"。

"二战"刚结束时，一位俳句作家曾经给我讲过一则故事，说是有一位同样爱好俳句的朋友去了中国某地，一时间难以回来，于是寄来关于柳絮的俳句，让他热泪盈眶。事情太过久远，我只记得"柳絮舞翩然，纷纷扬扬乱入眼"，已经忘了最后关键的五个字，但是只要有"柳絮"这个词就足矣。望乡的悲思溢于言表，让我也仿佛置身于异国柳絮的纷飞之中，悲上心头。我至今也不知道写这首俳句的作者是个怎样的人，也不知道中国的柳絮是什么样子，但是在一无所知中，句中的柳絮就像战败后的情感寄托，始终鲜明地留在我的脑海中。

　　得知柳树是先驱植物后，对先驱之物的情感便自然而然涌上心头，而在那之后浮现在眼前的便是柳絮。想到作为先驱的猛士披着柳絮织成的绫罗翩然起舞，内心便会越发被柳树搅动。

　　在渐渐被柳树吸引的过程中，我听到了和柳树有亲缘关系的白杨树的话题。日本树种繁多，原本没有人注意到白杨树的实用价值，直到火柴产业兴起，白杨树才开始受到重视。发现白杨树是制作火柴棍的主要原料后，人们曾经尝试改良，从意大利买来栽培效果很好的树苗，紧锣密鼓地试种。白杨树的成长格外醒目，树苗总是会迅速长大。然而那毕竟属于全新的尝试，期待与不安交织在一起，负责照料树苗的年轻的O先生全身心投入其中，睁眼也是白杨树，闭眼也是白杨树，不辞辛苦，心无旁骛，每天都泥泞遍身。白杨树也回应了他的努力，长势喜人。这一成功让培育进入了下一阶段，有志于此的人们纷纷将树苗种在自家山地中。第一年虽生长顺利，可是接下来却陷于停滞，树势渐衰，再加上病虫害的发生，最终结果惨淡，O先生十分失落。从海外远道而来的白杨树在日本条件良好的苗圃中确实能够顺利生长，却无法适应自然环境。后来，人们查明了各种原因，但最关键的或许是土地的不适宜与对异国植物的照看不周，也就是从事培育工作的人手不足，一切都在被火柴工业与时代浪潮牵着鼻子走。O先生为白杨树奉献的青春和热情到头来只成了痛彻心扉的挫折经历。这样的事情在任何地方都可能发生，应该不算稀奇，但因主角是无法开口的树，我总觉倍感艰辛。

不过O先生自己倒是很想得开。用他的话来说，白杨树确实可怜，但是不用顾及他人目光一心工作的青春时光并不让他后悔，回想起来也都是欣然。我在脑海里描绘出风中的白杨树叶，不禁感叹这世上竟也有让人爽快的失败。

古老的樱花树兼具坑洼与繁花的谜团也好，柳树扎根荒地的勇猛与柳絮的缠绵之间的联系也罢，总有一天我都要全盘接纳。

此春之花

这是个美好的春天，竟然赏了三次花。视野和情绪都被春花铺满，心满意足。

第一次是孙子来找我，邀请我在东京市内赏花，于是我们立刻就出了门。晴空万里，时间刚过上午十点，因为要从近处开始，我们便前往千鸟渊。在我的赏花生涯中，这天的所见大概能属顶级。花色水润，花形标致，离完全盛开还有最后一吐一吸，正是包含绽放之势的鲜艳花朵。而且绝妙之处在于，花就开在护城河两岸，靠近我们这一侧的樱花树排列整齐，对侧的樱花树则有疏有密地分布在皇居的护堤上，有高高在上的，也有贴近水边的，变化万千。头上有花，对岸是花，赏花的快乐自然有了深度，美轮美奂。不过人潮确实拥挤，一不小心就会撞上别人。心中纵有不舍，我们也还是选择了速速撤离。

随后我们转了市谷和四谷，在司机的频频推荐下去了墨田河畔。那是我二十岁前的故乡，墨堤的花景早就刻在了我的脑中，但是一切都曾毁于地震和战争中。战争结束后，樱花、堤防与河川随着世间的迅速变迁而悉数改变，若干年前独自悄悄来看时，长势不良的年轻树木上挂着寥寥几朵樱花，那份哀伤让我不愿回想。当然，司机并不知道萍水相逢的客人心中到底在想什么，而我也认为如果拒绝这次推荐，今后应该不会再特意来访，便听从了司机的建议。

花势比我想象中的要好，临近正午的明亮阳光恰好直直射来，花开得平静如水。我第一次遇到如此神情的樱花，因此印象深刻。看看花，看看堤防，又望向河水，我心里突然一惊：记忆中的船一艘也没有，没有手划船，也没有撑竿前行的船。在我的视线范围内，轻盈利落的小木船一艘也没有看到。那么多船是在什么时候消失的呢？下游的舟宿一带大概还有残留，但是整体上恐怕已经消失。平静如水的花难以靠近，不见小船的寂寞同样难耐，为了掩饰一切，我匆匆踏上了归途。那就是我离开将满五十七年的故乡。

第二天也是好天气。Y先生打来电话，说植物园的樱花开得正盛，问我要不要一起去看，他会为我介绍有关樱花的知识。Y先生一有机会就为我讲解植物，我感激万分。我是那种听到知识类话题也无法立即消化的人，恐怕会令讲授者焦躁不安，然而我接触的人都深耕于植物学，这是一条需要韧性的道路，因此即使涉及艰涩的话题，他们也会掰开揉碎到我能理解的程度，不厌其烦地一次次说明。

这是我第一次有机会听关于樱花的话题，慌忙带上笔记本就出了门。毕竟是站在实物面前倾听，需要做的事情有很多：走路，倾听，看花，看枝，看树干，看树根，区分两棵树的不同，再时不时记录。眼镜需要两副，一副用来看树梢，一副用来看手边，如果不能及时按需替换，一切都会变得模糊。手上忙个不停，可是再怎么慌乱也必须跟上。在整个讲解过程告一段落、尽情眺望开满樱花的树梢后，总结的话语格外刺耳："今天讲的内容大家忘了也无所谓，必要的时候还会再讲。但是接下来要看到的一棵树，我希望大家不要忘记。"

就算把长达两个小时的讲解都当作耳旁风也要记住的树，是一棵领春木。Y先生特别提醒我们，虽然它的名字里带有"樱"字，[1]却不是樱花，因此一定不要弄错。树的姿态没有什么特别之处，但是花朵特征鲜明，是没有花被的裸花，多条看起来像花蕊的暗红色细丝聚集成束。"房樱"这个名字似乎源于花朵，"房"倒是能理解，可无论是花色还是花形，都很难将它和樱花联系到一起。总而言之，只要有人提示，

1　领春木的日语名为"房樱"。

我那云山雾罩的大脑便会迎来数分钟的晴朗，记住了不是樱花的房樱，继而却产生了多余的想法：得了个如此容易让人误会的名字，这种树是怎么想的呢？

那天晚上，我正打算补充白天做的笔记，却不由得一惊：欸？最开始还正常，但是后面的大部分文字和内容都乱七八糟的，我试图和记忆相对应，却难以厘清脉络。两种用于不同距离的眼镜替换起来很麻烦，脚底也晃晃悠悠，再加上耳朵已经不太好使，导致记录能力下降。想到这里，一切似乎都在导向"我正在迅速衰老"，可是等等啊，我还不想这么早就放弃。不是还有房樱吗？如果只执着于这一点，那么就算没有笔记也不会遗忘。我不禁重振精神：从小时候起，执着于某一件事就是我的天赋。房樱果然与我有缘——想到这里，我有了眉目：Y先生或许是考虑到房樱与我气质相合，才将它作为教材的吧。

惦念多年未能完成的事情有时也会突然顺利实现，欣赏三春泷樱[1]就是如此，我在这个春天如愿成行。每到花季，这棵古老的樱花树便会出现在各家杂志的彩页上。这是一棵著名的巨大红枝垂樱，名字中的"泷"据说是源自这棵

---

1 "泷"在日文里有"瀑布"的意思。

树的外观，一簇簇樱花在高高低低垂下的枝头绽放，就像流过岩壁的一道道瀑布。此外还有说法认为，树名源于当地的泷村。不过当地人只是露出柔和的笑容，表示大家可以随性想象，怎么都好。如此松弛美妙的回答，让我的心也舒缓下来。毕竟是关于花的事情，不需要过度评议。不过仿若瀑布的外形只需一眼便能让人认同，那不是类似华严瀑布或那智瀑布的激流，而更像纤细的白丝瀑布。花形小巧端正，花色稍浓，因此格外艳丽。拥有几百年历史的巨木根部自然粗壮无比，树皮让人联想到熔岩，有种硬邦邦的粗犷之感。那可怕的模样怎么都无法和美丽的花朵相称，着实遗憾，不过环绕树干的花之瀑布果然艳丽卓绝。

　　常年负责三春泷樱保护工作的工作人员告诉我，这棵树孤傲挺立，时胖时瘦，却维持着良好的平衡。我能够直接理解树"胖"，却不明白什么叫"瘦"。这种老树有自然枯萎脱落的树枝，部分树皮也会出现朽坏剥离的情况。每到那时，树身就会变细，看起来瘦了一圈。不过担忧尚未结束，缺损的部分就会在不经意间恢复，瘦弱的模样也会消失不见，让人安下心来。有时，靠近根部的树干（仿佛硬邦邦岩石的地方）还会悄然冒出新枝，水灵灵地成长起来。还有的新枝会穿破厚实的树皮，从树干的腰腹位置长出来。那时，整棵树看起来确实胖了一圈。用工作人员的话来说，长时间注视着树的胖瘦变化，便会察觉到长寿的基础正是完美的平衡。这是长期照料树木的人才能观察到的道理，独自屹立的树在时胖时瘦中生存下去，这样的描述也格外有趣。一根年轻的枝条从根部附近粗糙的皮肤上柔顺长出，光滑的表面点缀着浅绿的叶片。

在那位工作人员眼里，三春泷樱的生存方式同样不可思议。据推断，一棵树汇集着各代的生命，这是人类世界所无法想象的。从比曾祖父还要古老得多的曾曾曾祖父到如今的父母、子女、孙辈、曾孙和玄孙，大家都交缠生活在同一棵树中。一想到这点，我就止不住笑。仔细观察那棵树就会发现，从极度衰老的地方到今年刚伸出的年轻枝条，我们可以按顺序看到不同年代的印迹，进而就会生出"原来大家都生活在一起啊"的想法，并祈祷它们长寿。从曾祖父到玄孙，七代生命互不相争地友好生活在一起，每年都开出姿态优美、色泽细腻的花朵赠予人类，作为生命的象征。熔岩般坑坑洼洼的肌肤中包裹着衰老嶙峋的身姿，那张脸却浮现出柔和的神情，默默守护着孙子、曾孙与玄孙。我想，那位工作人员一定看到了这样一位曾祖父的形象。能与树木交流的人，都有各自的温柔。

松树、樟树、杉树

有一个节目方发来邀请，问我要不要参加。这是个可以边走边看老树的节目，只是听说去看树，我就已经欢欣雀跃，便立刻答应下来。究竟能邂逅什么样的树呢？我的内心被相逢的喜悦优先占满，全然忘记了拍摄节目这项工作本身的烦琐。近来这类事情发生了很多，我只关注到对话中适合自己的部分，就慌里慌张地答应了对方的要求。上了年纪后体重减轻，身体变得轻盈，心灵的负担似乎也随之减轻，变得轻飘飘的，这种感觉让我十分困扰。衰老的表现多种多样，没想到竟然也有这样的形式。

计划边走边看的树有三棵，分别是东京江户川寺院里的松树、四日市[1]田间的樟树和福岛路旁田里的杉树。三棵树都很高大，且都形单影只。

---

[1] 四日市以及下文的铃鹿均为三重县地名，属于同一地区。

其中，江户川的松树一直有人照护，而且照护的程度非同一般，人们用尽一切手段进行了大规模作业。首先是土与水，为了提高土壤本身的活性，人们挖出旧土，换成新土，然后将排水管布设其中，形成供水设施。一系列作业实在麻烦，但是树的生命本就依赖于土壤、水分与光照，因此人们在基础养护上不惜下血本。为了避免根部被踩坏，人们在树周安上栅栏，铺设通道，用柱子支撑起伸展的枝条。当然，施肥、季节保养和防虫等基础防护更是不在话下。这些措施究竟是由寺院独自努力完成，还是由当地政府主导，我错失了询问的机会，但是无论如何，松树都受到了无可挑剔的优厚照料，展现出了沉稳自如、老态龙钟的风姿。

离开前，我从山门回望，心中正恋恋不舍，突然意识到这是街市里的松树。很久以前，这棵松树尚且年幼，江户川边或许还没有形成街市。但是时光流转至今，这棵松树已不是海边的松树，也不是山间松树林里的松树，而成了长年居住在街市里的老松。这就是这棵松树带给我的最为浓烈的印象，洋溢着一种不知从哪里生出的柔软气质。有时我会想，与山野里的树相比，生长在街市里的树总是带有一种莫名的柔和气息。被人类的目光抚过几万次乃至几十万次后，树木大概已经理解了如何与人类相处，这也是我常有的略带奇思妙想的想法。山野里当然也有姿态柔和的树，但相比之下，还是会给人一种僵硬感。

如果说江户川的松树是被精心呵护的树，那么铃鹿的樟树则经历过两种生活：前半期受人类保护；后半期独自立于田地之中，经受着大自然的洗礼。这棵樟树原本位于式内神社境内，曾经应该受到过神社内部人员的照顾，但后来神社逐渐空有其名，建筑荡然无存，只留下了这棵樟树。神社境内自然不可能只有这一棵树，其他树大概都是因为寿终正寝或遭到损伤才消失的，或是因为具备庭院树的价值而被移植到了他处。当本体崩坏时，四周草木踏石的命运也将随之改变，离散四方。唯一残存的樟树一定是天性坚韧，即使生存环境从神社内变为田间，经受风吹雨淋，也完美地适应下来。能够在风雨中生存几百年，足以让人仰望赞叹。樟树与松树不同，其身形高大，或许是因为粗壮的躯干上枝条过多，叶片看起来又稀又小。靠近顶部的若干枯枝可能年事已高，即使不剪枝，暴风雨来临时也会自然落下，而且之后还会长出新枝，完全不需要担心。风一拂过，反光的叶子便闪闪发亮，一片嬉笑喧闹的模样。樟树的表情真是丰富极了。

这一带离海很近。樟树虽然立在田间，但是东侧田地的尽头就有近畿铁道的列车驶过。跨过铁轨，不远处就是大海，据说昔日在这一带航行的船只就是以这棵樟树为标志。这是一棵为海员提供帮助的树，平整的田地连接至平缓的海岸后方，田地里的樟树高耸醒目，令人心旷神怡。想到这里，我的心头仿佛被轻轻扯了一下。樟树所承载的意义，以及它独自挺立的风景，让我的喉咙有点儿发紧。

有一次，我和一位总是事无巨细为我讲解植物知识的老师聊天，感叹独自挺立在田野中的大树真是漂亮。结果老师提醒道："认为它漂亮是你的自由，但是你必须想想，为什么只剩下这一棵树。"随后他问我是什么树。我回答距离太远不知道，老师就笑了："那就没办法了，树枝是什么样的？"听到我说树干又短又粗，枝繁叶茂如同大伞，老师立刻应道："那种树当成风景欣赏或许非常美，但是作为木材就不行了。从那么低的地方冒出那么多树枝，到处都是木结，根本没法用。"首先确认树种，观察树的形态，思考它是否有用，再到附近观察一圈，寻找有没有遭砍伐后留下的同种树根，就能渐渐明白为什么田野上只剩下一棵了。"如果是优质木材，应该不可能刻意留下吧？"人们的生活已经困苦到连砍伐它的功夫都不愿意花费，对独留荒野的树木的评价不言自明。

站在人类的角度来看，那或许是棵无法发挥作用的毫无价值的树。而从树的角度来看，那是它在受尽厄运与苦难后好不容易获得的晚年安康。"请不要只用一句漂亮来概括仅存一棵的树，希望你能看得更加仔细。"这就是留在我记忆中的关于一棵孤独老树的故事。

从一位生前专门修缮传统木建筑的工匠口中，我听到过另一棵樟树的故事。用他的话说，樟树是很惹工匠苦闷的，他们总是不能掉以轻心，也绝不能把它们种在建筑物附近。这种树叶片多，又属阔叶树，落叶量十分惊人。再加上身形高大、树冠宽阔，落叶会毫不留情地落向屋顶。最让人头疼的是落叶还会飞入瓦片间隙，用来铺葺屋顶的扁柏树皮更是无法承受，落叶会紧紧粘在上面，很难剥离。这样一来，屋顶的樟树叶便会积蓄水分，再加上腐烂速度慢，简直困扰加倍。无论是多么优秀的建筑，屋顶若是出了问题可不得了。每年一到落叶时节就要慌忙打扫樟树下方的屋顶，麻烦得惹人嫌弃。

在这样的认知下再次抬头仰望，樟树的树梢正在晚夏的夕阳中熠熠生辉，轻盈的晚风中，树叶沙沙起舞。整棵树洋溢着愉悦与明快，甚至还透出一丝华丽，全然没有哀伤或愁苦的踪影。不过这棵树确实是独自残存下来的，在走向长寿的过程中也并非只有幸福。告别之际,我为它送上称赞与祝福,便踏上了归途。

观赏的杉树位于福岛县岩代,叫杉泽大杉,高高大大,英姿飒爽。树干从中段分成两根,都立得笔直,仍然呈现出独立一棵的模样。整棵树长势旺盛,充满青春气息,可是一看根部上方的树干,就能明白它的年龄非同一般。几乎在到达的同时,雷阵雨轰然而下。我们走到附近住宅的檐下躲雨,雨水中升腾起阵阵白烟。不知为何,在如此猛烈的雨中,杉树的枝叶全都纹丝不动,泰然自若地静立原地。真是不得了,果然气度非凡。

不一会儿,雨停了,阳光照射下来。我急忙奔向杉树旁,却发现无法靠近,杉树下方仍在下雨。周围无论哪里都已经雨过天晴,唯有杉树下方须撑伞才能进入,大滴雨水正顺着针叶连绵不断地落下。我不禁再一次感慨:大树到底能保存多少雨水啊。于是我站到树枝外围眺望,那份美丽与高洁使我发出轻叹。水滴装饰着杉树青翠的身躯,夕阳又将水滴装饰成钻石。我完全没有想到自己能看到如此华丽的杉树。一棵古老的巨杉能展示出一副身披钻石的模样,是我那虚弱的大脑无论如何都无法想象的。我特意前来拜访,杉树也热情招待，连阵雨和太阳都送来礼物。我欣喜若狂，立刻就忘了心灵的负担，变得飘飘然起来。直到听到后来的节目录音时，我才发现当时的场面简直让我无地自容。

白杨树

　　哪里都有幸运与不幸，树也不可避免，有的树也会背负不幸。不幸的形式有很多种，暴风雨、雪灾、山崩、海啸、火山灰、山火、病虫害……而这些灾害往往会导致一大片树同时受灾。还有那种只有一棵树背负的不幸，例如我在长野县见过的那株悬崖上的扁柏，树干上与膝同高的地方开了个长方形的切口，里面缠绕着用软铁丝拧成的绳索，这条绳索一直拉伸到谷底。看附近的样子，似乎是为了什么工程而设的。绳索如此坚固，大概是要把重物卸到山谷里。这种方法也太残忍了，树脂在被剖开的肌肤上形成一滴滴珠玉，仿佛眼泪流个不停。幸运或不幸有时确实无法由自己左右，可是，树木这样安静生活的生物为何会有如此可怜的遭遇？我只能发出无可奈何的叹息。

　　白杨树也是一种不幸的树。从听到它们的故事起，已经过了多少年呢？应该有将近十年了吧。十年间，我从与白杨树打交道的人口中听到了太多。每年一到柳絮飘飞的季节，我也一定会回想起来，进而陷入低落的情绪中。这一定是因为白杨树的不幸在我心中落下了阴影，然而不知是不是阴影的缘故，若即若离之间，每次在出行路上无意中看到健康无恙的白杨树，我都会惊喜地投去注视。我并非对白杨树有特殊喜好，大概还是有缘吧。原本为请教银柳的相关问题，我前去拜访树木园的Y先生，并没有想到白杨树。但是聊到成长速度时，Y先生把话题从银柳转移到了白杨树身上。就像是话题分开了岔，或是从自家聊到了亲戚家，我听得格外轻松。

1953年，东京大学的I教授（当时四十多岁）去欧洲旅行。那时"二战"结束没几年，日本正面临木材短缺的困境，国家也好，企业也好，学者也好，但凡和植物或木材相关的人，都在苦苦思考增产的方法。在欧洲旅行的教授心中恐怕也时刻惦记着这一点，当时他邂逅的，是意大利波河畔成排的白杨树。不知该用感动还是着迷来形容，说到底就如一见倾心。意大利的白杨树着实出众，而且栽培区域不仅限于波河畔，教授究竟是怀着怎样的心情想到了山川疲敝的祖国？这便是昭和时代初期日本栽培白杨树的契机。虽然在那之前白杨树早已传入日本，但是在优良树种众多的当时，白杨树并未得到重视，只因其挺拔的异国风情而受到一部分喜爱时髦的年轻人的支持。

教授将若干树苗带回日本，并将其中两棵种在了时任木材部长的宅邸菜园内。两棵树苗顺利成活，一年间惊人地长高了四米。部长见状，立刻向相关人士介绍，同时建议 I 教授增种树苗。教授受命在小石川植物园内的东大附属树木研究所进行实地作业，研究员的日常随即变成了睁眼闭眼都是白杨树。毕竟树是有生命的，树苗尚幼，需要精心照顾，而且有的季节长势惊人，负责照顾的人忙得团团转。再加上工作并非仅有育苗，还需记录幼苗的成长过程与观察成果。如果辛辛苦苦的工作只留在当事人不甚准确的记忆中，便很难为后人带来益处。因此，为了留下哪怕多一点儿的准确记录，在白杨树成长最迅猛的时期，现场的所有人每天都要拿着卷尺测量高度无数次。栽培白杨树的热潮越发高涨起来。

然而，种植工作并没有取得成功。我并不了解其中的难点，不过日本传统的种植观念与手法似乎与意大利截然不同。而且外来物种的适应力比不上本土物种，加上不利的种植条件、不适宜的风土、较低的实用价值以及严重的病虫害，都使得白杨树的种植雪上加霜。再加上时势的剧烈变化与产业的转移——火柴产业在当时格外风光，白杨树是制造火柴棍的合适材料。但是时代变化过快，百姓的家庭生活中很快便不再需要火柴。厨房、浴室或暖气，只需打开燃气或电器开关就可点火，用来点烟的廉价打火机也像被追讨般迅速普及——我们该怎样看待白杨树那未燃即尽的不幸命运呢？每次想到这点，我的心都会控制不住地蒙上一层荫翳。

前年二月，Y先生突然告诉我，树木园里的白杨树已全被砍伐。突如其来的消息让我震惊不已，毕竟白杨树曾经在园内种得到处都是，加起来有六七十棵。通常，成长速度快的树大多无法长寿，白杨树也不例外。它们一般生长三十年后便会开始衰老，对害虫的抵抗力也逐渐变弱，轻微的伤害都很容易转化为腐烂，同时更易于受风的影响而倾倒。在它们走到衰败之前，趁着它们余力尚存时画上句号，恐怕才是最好的选择。我对此深感理解。山里的树就算倒了，保持原样就好，大自然会出色地完成净化工作，其他树木也不会因为嫌它碍事而说它坏话。但是，街市里人们种植的树是不能交给大自然的，基于对邻居的礼貌，必须收拾残局，Y先生的处理手法可谓用心良苦。

砍伐工作委托给了在长野县经营火柴棍工厂的旧友。两辆卡车载着男女七人以及工作用具、寝具、餐具、食材和日用品，不远千里来到东京。七人都是工厂里的伙伴，了解彼此的性格和工作方式。毕竟是要在东京的街市里不出差错地完成砍伐大树的危险作业，必须交由最可靠的团队，由最信任的人员完成。工作本身麻烦颇多，推进困难，最终花费了超过计划一倍的时间才安全且漂亮地完成。那些已经从立木变成木材的白杨树被满满当当地堆在返程的卡车上，就此离开了扎根三十年的东京与与它们关系深厚的Y先生。"说句实话，我既松了口气，又有几分感伤。"Y先生心平气和地说道。

木材处理完了，但是掉落的枝叶还在。那个冬天不知为何，失业救济场所拿来取暖的燃料不足，Y先生就把枝叶送去了那里。对方用推车装好树枝，又把散落四周的枯叶细心地扫到一起，全部堆到车上带了回去。Y先生看到对方那么珍视白杨树，很是高兴。枝叶众多，搬运花费了好几天。

上述情况我是在事情全部尘埃落定后才听说的，心中不由得生起一阵惋惜，于是我问Y先生："所有木材都被切成火柴棍了吗，还是有一部分仍未处理呢？如果还有，我想去看看，能让我看看制作火柴棍的过程吗？"很幸运，我的请求被接纳了，那时距离砍伐已经过了一个月。地点在千曲川沿岸，木材在工厂内的临时存放处堆积成若干座小山，其中的部分木材里夹着标有"东京大学木材"的纸。

从临时存放处搬到房檐下的木材按照固定尺寸（七根火柴棍的长度加余料）被从中间切断，通过传送带运向工厂入口。木材表皮在入口处被剥下，然后通过管道送至工厂外。木材本身则按照火柴棍的厚度被削成薄板，女员工将破损的部分去除，松松地卷起来，送到相邻的支撑台上。下一步就是裁切——被机器入口吞入的薄板在抵达出口前会被处理成长、宽、厚都符合标准的大小，以火柴棍的身份出来，然后通过干燥器——干燥炉会燃烧表皮和裁切后的碎屑和废材，将它们转化为热源。处理干燥的火柴棍通过管道前往二楼，送去通风。最后，火柴棍被装袋送至发货部门，每袋二十五万根。

这是一项易懂的工程。将木材从中间切成合适的大小，剥去脏污的表皮，削成薄板，再切细、干燥、通风、装袋……注视着简单明快的作业，我突然意识到这就是改变形态的过程。山野自然中的树会在时间流逝中不知不觉地改变姿态，但是被人类照护的树会借由人类的智慧在几分钟或几小时内改变外形。白杨树能够接受这么迅速清晰的作业，真是太好了，它们的生命终点没有不幸的荫翳，而是干爽的明亮。眼前就是裁切机器，火柴棍一旦被切好，就会前赴后继地被推上镶有玻璃的出口，在拥挤中鱼贯通过，自由奔跑，总觉得和什么事物很像。机器"咔嚓咔嚓"地按照固定的节奏摇动，送出的火柴棍也随着节奏摇摆，轻快万分。对了，和节庆舞蹈欢乐的舞姿很像。火柴棍的截面呈正方形，大小相同，棍体白皙，时而起身时而低伏，手舞足蹈地前行，让人不禁想喊起"哎呀好啊、哎呀好啊"的号子。在恋恋不舍的我面前，白杨树最终以欢快的方式，完成了它们生命之舞的谢幕。

今年气候不佳，草木变化都晚了一步。柳絮的情况如何呢？四处都没有相关消息。是已经在我没注意的时候过季了，还是尚未出现？不过，无论如何，我的脑海中总是浮现出来白杨树那优雅标致的舞蹈模样。

解说

　　本书作者是在 1990 年 10 月 31 日去世的，享年八十六岁，本书则是 1992 年出版的遗作。掩卷之时，笔者沉浸在深深的喜悦中：真是读到了好文章。

　　什么是好文章？萨默塞特·毛姆在《总结》中是这样说的：

　　　　好的散文应该像是一个很有教养之人的谈话。（略）他们必须珍视礼仪，他们必须注意自己的仪容（不是也有人说，好的散文应该像是一个衣着考究之人的着装，得体而不唐突吗？），他们必须害怕惹人厌烦，他们必须既不轻浮又不严肃，而总是要恰如其分；而且他们必须以一种批判的眼光来看待"热情洋溢"。这是一片适合散文的土壤。

　　英国作家毛姆的话语在幸田文凝练的日语文章中逐一得

到体现，让笔者惊讶不已。

将毛姆所列举的"土壤"的条件反过来看，仿佛就能看到战后五十年间的日本社会：轻视礼仪，追捧华丽的潮流，过度轻浮或较真，常有偏颇，容易受到"热情洋溢"的影响。在那样的环境中诞生的大量随波逐流的文章，别说什么"很有教养之人的谈话"，简直就像教养与爱好皆无可救药之人的乔装游行……

幸田文的作品在她去世后仍然陆续出版，并且能被诸多读者所接受，正是因为文章抓住了我们那不满足于上述风潮的心。但是，从前文所提"毛姆的话语在幸田文凝练的日语文章中逐一得到体现"便可明白，对幸田文作品的接受并非单纯出自对日本已失去的情绪的追忆。简单来说，我们一直都在渴望"好的散文"。

本书收录了十五篇关于树的散文，第一篇《鱼鳞云杉的更新》发表于1971年1月，最后一篇《白杨树》发表于1984年6月，整部书是跨越了十三年零六个月的漫长时光断断续续完成的。为了将那些在如着魔般的行走中，于日本各地邂逅的树纳入心中，幸田文付出了不懈的努力。单行本未能在她生前整理完成，最终以遗作出版，或许是因为作者心中还有未能完全消化的东西。

总而言之，关于如何与树接触，作者始终坚持"不经历一整年，就无法确信""如果不能在四个季节看上四回，就没有资格拿来谈论"的态度。在作者看来，这种态度源于她从家务中得来的经验："从年轻时起，我就痛切地认为，料理也好，衣服也好，住宅也好，至少要有不少于一年的体验，才能拿到桌面上谈论。"

如此谨慎之人留下的文章，自然不会给人带来没整理好的印象，用完美来形容也不为过。对借树来表达人生的作者来说，只要活着，就必须更新对树的认知。恐怕只有到了自身生命终结之时，才能将这些认知真正纳入心中。

自身生命的完结将会带来新的事物，就像树被砍伐后变成木材一样，本书也是这样诞生的。

以毛姆对"好的散文"的定义为线索，笔者将尝试详述本书体现的幸田文的文章魅力。

首先谈谈"很有教养之人"。众所周知，作者是幸田露伴的二女儿，但是那并不能立刻与家教好联系在一起。在《紫藤》一篇中，作者详细描述了自己的成长环境。

围绕自己倾心于草木的过程，作者回忆起年幼时的三件事。一是居住的环境草木丰富，二是父母有意教育。父亲露伴将树赠给每个孩子，希望孩子们能产生兴趣（请允许笔者提及个人感受，读到这里，笔者想起了从母亲那里听闻的东北地区的乡村风俗，即家中一旦有女儿出生，父母就会种下生长迅速的泡桐树，告诉女儿那是她的树，让她精心照顾，待出嫁时砍倒，将树做成小衣柜和木屐作为嫁妆）。

三是嫉妒心的产生。父亲让孩子们玩看树叶猜树名的游戏，姐姐十分擅长，连枯叶都能猜中，作者却怎么也做不到。对姐姐的嫉妒让作者与草木的缘分开端更显强烈。

读了上述经历，我想到了"文如其人"。不只这里，作者在整本书中都将内心暴露在外，完全没有掩饰无聊的虚荣心或自卑情结中的内疚与无知。而毛姆笔下的"很有教养"，大概也包含着对自身本性的正确理解。那些看似学识渊博却冷漠无情的文章、那些毫无意识模仿他人的幼稚文章，确实给人一种缺乏教养的感觉。与此相比，坦率的文章总能引发读者对作者的深厚信任。

至于"珍视礼仪"，作者每次去拜访树，都会受到亲切对待。在那些行走困难的地方，总有人拉着她的手，让她抓着腰带。前往屋久杉的路上，甚至还有人背着她。不仅如此，她还充满感激地将行前准备与途中见闻事无巨细地逐一记下，彬彬有礼。这些文字传递出了所遇之人的温情，也为这部散文集增加了厚度。

旧报纸保存得干干净净，捆绑时对着折痕重叠，绳子也系得牢固。被交换草纸的人称赞的段落也体现出作者的礼序。在"注意自己的仪容"这点上，可以参考《树的和服》一篇。杉树穿着竖纹和服，松树穿着龟甲崩纹和服，日本紫茎的和服则没有任何纹路。银杏的和服凹凸不平，三球悬铃木的和服并不太像纺织品，而有种染色之美。这些都是只有穿了七十年和服的人才有的视角。日本人的现代生活早已与和服渐行渐远，但是将树的纹样比作布的纹样，这样的心性仍然存在。将绳文杉看作手工织物，同样也让笔者兴致勃勃。

"既不轻浮又不严肃"的性格散见于本书各处。"身处底层的是那些勉强生存的、虚弱的劣等树吗""如果树能说话，大概就会在这样的时刻开口吧""雨水就是带给杉树的礼物"根植于生活的遣词用句妙不可言，一旦想要引用便很难停下。

而深知"恰如其分"重要性的谨慎态度，把那些总是把"保护环境"或"大自然很温柔"挂在嘴边的人的傲慢暴露无遗。人类能做的，只有切实接触树木活着的姿态，确认它们生命原本的模样。

写下这篇文章的现在正是红叶灼灼的季节。昨天是休息日，电视上也播放了观光地挤满游客的画面。"以一种批判的眼光来看待'热情洋溢'"的作者在《树的不可思议》中这样写道：

危险之地的秋叶美丽尤甚。正是因为有了解危险的人在身旁引导，我才会有如此感觉。如果一无所知，我从那秋叶中感受到的愉悦一定会十分浅薄。树木果然拥有迷惑人心的力量。

在《扁柏》一篇中，同行者描述了树理想的繁茂姿态：

老年的、中年的、青少年的，还有幼年的，所有年龄层的树都聚集在这片树林里，生机勃勃。能够寄托未来希望的树林对我们来说是最舒畅的。

听闻此言，作者也表示"原来如此"。

读到这里，我想到了勒纳尔《博物志》里的《树树一家亲》一篇：

我在穿过烈日烘晒的原野之后才遇见他们的。

他们不住在通衢，是因为喧闹的缘故。他们住在荒野中只有小鸟认识的泉边。

（略）

他们合家一起。最老的在中间，那些才抽叶的孩子们星散在周围，却不离群生活。

他们饱历悠悠岁月才死去。而且，在朽坏倒下之前，一直还是挺立着的。

他们跟瞎子一般，用他们的长枝互相轻轻触着，明白大家是否都在那儿。要是刮起风来，想连根拔起他们的话，他们便愤怒地弯起身子。可是，彼此之间却绝不发生口角。有的只是一片融和的细语吧。

佐伯一麦

1995年10月